Círculo Rojo

Historias de mimosas y putas

Historias de mimosas y putas

Inés Abalo Rodríguez

Círculo Rojo
EDITORIAL

Primera edición: octubre 2020

Depósito legal: AL 2412-2020

ISBN: 978-84-1374-768-2

Impresión y encuadernación: Editorial Círculo Rojo

Editorial Círculo Rojo
www.editorialcirculorojo.com
info@editorialcirculorojo.com

Impreso en España — Printed in Spain

A ellas

ÍNDICE

PRÓLOGO

Aunque se buscara con la mirada, no se vería. El vaho difuminaba su reflejo, ahogando cualquier intento de reconocimiento. Ahora era tan solo un caleidoscopio de formas inconexas, un borrón de color claro sobre fondo oscuro. Un cuadro abstracto, indescifrable por definición. Imposible distinguir figura sobre fondo, qué era persona o qué era contexto: el todo se configuraba en una amalgama de texturas que se tejían en un mismo plano.

Era una batalla perdida de antemano, pues solo el tiempo, en colaboración con el aire que se colaba a través de la rendija de la ventana, lograrían devolver a aquel objeto su capacidad reflectante. Pese a ello, y más por terquedad que por ignorar este hecho, pasó el puño cerrado por la superficie, intentando disipar aquella bruma provocada. Su éxito, de fugaz, fue nulo: apenas logró localizar sus ojos; aquella niebla de ducha perseguía su mano de cerca, invadiendo el espejo de nuevo al medio segundo de haberlo tocado.

Tiritó bajo la toalla. Se frotó las piernas y los brazos, más para entrar en calor que para secarse, y abrió la ventana para acelerar el proceso. Se acercó al radiador, intentando contrarrestar el frío que había comenzado ya a acariciarla y, respirando profundamente, contó mentalmente hasta tres y dejó caer la toalla.

Miró sus piernas. Su estado, casi impoluto, hizo que abandonase al momento la idea de depilarse de nuevo. Las uñas de las manos la saludaron desde sus dedos con un color rojo apagado. Las de los pies, en cambio, estaban a medio camino de la desaparición, porque la estación de las sandalias comenzaba a enterrarse en el pasado por el paso de las semanas. Valoró durante unos instantes si merecía la pena detenerse en ellas, respondiéndose al segundo con una previsible negativa. Total, se dijo, nadie les prestaría atención aquel día y, lo que era a ella, no le molestaban.

Giró su cabeza hacia la izquierda. La ropa que tenía que ponerse la miró, burlona, desde la tapa del retrete. Su incapacidad para recorrer en toalla los escasos metros que separaban el baño de su cuarto había conseguido que, desde niña, le acompañara la manía de prepararse siempre la ropa que ponerse antes de la ducha, y no después, independientemente de las veces que hubiera cambiado de casa. Así que ahí estaba, un puñado de ropa pulcramente doblado: unos pitillos ajustados y una blusa abierta. A medio metro de distancia, mirándola directamente a los ojos, con una sonrisa atrevida dibujada en su tela. Se apoyó en la bañera, clavando su mirada en ella, iniciando un diálogo mudo entre su persona y la tela vaquera. Ahora separadas. En unos segundos, en cambio, estaría rozando su piel, siendo, como quien dice, parte de lo que era. Se preguntó quién era, en realidad, ella.

Se miró en el espejo, buscando respuesta.

Su reflejo, cada vez más definido, se encogió de hombros desde el otro lado y arqueó las cejas mientras zarandeaba negativamente la cabeza.

Emitió un suspiro que fue, en realidad, algo así como un quejido ahogado. Ladeó la cabeza para mirarse desde otro ángulo, esperando que el cambio de perspectiva le trajera algo de suerte. Fue en balde. Suspiró de nuevo. Entendió la negativa constante como una carretera sin salida, así que se propuso abandonar aquellos pensamientos en el fondo de su cabeza y trató de darse prisa, para no llegar tarde.

Se vistió en un par de minutos y empleó los siguientes dieciocho en secarse y arreglarse el pelo. Transcurrido ese tiempo, le dedicó una última mirada al espejo, que utilizó para terminar de ajustarse un mechón que se había escapado, rebelde, del sitio que le había asignado. Giró la cabeza, observando la puerta. Titubeó por unos segundos. Miró el estuche de pinturas que reposaba en la cuarta repisa del armario, a su derecha, y decidió que, por una noche, saldría a la calle sin maquillarse.

* * * *

Mi compañera de piso me despidió desde su cuarto antes de que saliera de casa.

—*In bocca al lupo, bella! Raccontami tutto dopo!*

1

TERAPIA

—La noche de hoy te va a resultar algo aburrida, pero es solo tu primer día. A partir del segundo ya te dejamos salir del coche.

Mientras dice esto, la *Operatrice* cierra con un golpe brusco la puerta de atrás de la furgoneta. La noche es fría. Mi cuerpo tirita bajo el abrigo, bajo el jersey verde, y el negro y gordo de lana. Miro mi atuendo, con la inseguridad del que empieza en un lugar nuevo y desconoce si las prendas escogidas se adaptan al contexto. Me convenzo mentalmente de que, al no llamar la atención, la decisión ha sido correcta. El coche arranca y se pone rumbo a Vicenza.

—Como sabes hacemos seis recorridos en tres ciudades distintas; hoy nos toca recorrernos la parte norte de Vicenza. Allí hay mucha sudamericana, así que la próxima vez que vengas, cuando te puedas bajar, van a estar encantadas de poder hablar español con alguien.

La distancia es de aproximadamente treinta minutos, y dado que no me faltan ni curiosidad ni ganas, la mayor parte del trayecto transcurre entre palabras. La Otra Voluntaria permanece en silencio, ajena a nuestra conversación desde el asiento del copiloto. Está inmersa en la calma del que lleva ya bastante tiempo involucrado en esto y la falta de entusiasmo con la que la monotonía tiende a cubrir todo aquello a lo que te acostumbras.

—Antes de llegar, aclaremos algunas cosillas. Sabes lo que ocurre con las nigerianas, ¿no? Si no me equivoco os lo explican en el curso de formación... —Ante mi silencio, ella intenta contextualizar añadiendo algo más de información—. Ya sabes que en esta región hay principalmente tres poblaciones de prostitutas, ¿verdad?: sudamericanas, que suelen ser trans, de Europa del Este y nigerianas. Y sabes lo estás últimas, ¿no?

Mi memoria desentierra información consolidada allá por el mes de noviembre.

—Creo que sí... Pagan mucho por un viaje muy largo que les promete un trabajo de camarera o similar y cuando llegan aquí han adquirido una deuda muy superior a aquella que les dijeron en un principio y la prostitución es el único modo que les dan para pagarla, ¿no?

Ella asiente a través de un leve movimiento de sus ojos, a través del espejo del retrovisor.

—Exacto. Y no solo eso, sino que además les hacen ritos propios de su cultura, haciéndoles creer que de no pagar la deuda a su familia les sucederá alguna desgracia —carraspea, aclarándose la voz, antes de continuar—. Con ellas tenemos una aproximación distinta, porque son tantas que no abarcamos a crear una relación personal. Y además como siempre cambian de nombre y de peluca, es difícil reconocerlas de encuentro a encuentro. Así que con darnos a conocer como asociación nos basta.

Frunzo el entrecejo sin llegar a representarme lo que me dice.

—¿A qué te refieres con que son tantas?

—Ya lo verás, siempre van en grupo. Especialmente aquí, en Vicenza. Te llegan unas diez, doce...

—Entonces... ¿no les damos preservativos?

—Sí, sí, por supuesto. Te lo decía solo para que entendieras que nuestra aproximación, en cuanto a lo que la relación personal se refiere, es distinta. Pero la mecánica de cada encuentro es siempre la misma.

—Entiendo —añado asintiendo, sin entender nada.

La *Operatrice* da el intermitente para señalar la incorporación a la *tangenziale.* La furgoneta, pintada de naranja chillón, avanza sin llamar la atención al resto de conductores. La oscuridad de la carretera apaga su color, convirtiéndolo en un vehículo más, desapercibido ante los ojos de cualquiera.

—Pero entonces, ¿vas a conducir tú? —digo, rompiendo el silencio—. Pensaba que el conductor era siempre un hombre.

Ella me mira por el retrovisor, con el gesto del que adivina el porqué de mi pregunta.

—No, no. Yo os llevo solo a Vicenza. Allí recogeremos a Alessandro, nuestro conductor de la noche y me paso ya a mi puesto de copiloto —hace una pausa antes de añadir—. Tranquila, que en el curso de formación no os engañan.

Carraspeo intentando ahuyentar la incomodidad que acaba de golpearme mientras cambio de postura en el asiento de atrás del vehículo.

—Yo... bueno... Lo preguntaba solo porque habían insistido en la importancia de que fuera hombre...

—Y en efecto, lo es —dice, interrumpiéndome amablemente—. Es imprescindible tener una figura masculina en el coche. Dentro de este mundillo, los roles de hombre y mujer están muy marcados, y hay que ponerse en sintonía, por si acaso.

Seguimos hablando durante el resto de trayecto. La conversación abandona el tema que nos une para sumergirse en uno de carácter más superficial y personal. Que si qué estudias. Que si qué haces aquí. Que si cuánto tiempo llevas con esto. Que si hace cuánto viniste a Padova. Que si qué te falta de España. Resulta que la *Operatrice* y yo compartimos acento y patria.

—Hombre, de Aranda de Duero...

—¿Lo conoces? —me sonríe.

—Sí, claro. La ciudad donde tuvieron lugar los campamentos de verano de mi adolescencia.

—Ah, ¿sí? ¿Con qué compañía?

—En realidad, ninguna. Mi colegio organizaba un campamento todos los veranos para estudiantes de sus escuelas, y escogían el de Aranda como sede por ser el que tenía mayor tamaño.

—¿Cómo se llama?

—San Gabriel —decimos al unísono.

—¡Qué fuerte! —Deja escapar, en español—. Claro que lo conozco, ¡pero si allí estudió mi hermano!

Un punto en común cálido e improbable que brota en el interior de un coche, camino a Vicenza, a las diez y media de la noche, cuando estamos a mil ochocientos kilómetros de distancia de nuestras casas.

* * * * *

—Ahí está, dejo el coche a su lado y nos recolocamos.

Llegamos al aparcamiento en el que empieza la noche. Distingo a lo lejos un hombre de barba canosa que supera los cincuenta y que lleva algo más de un lustro colaborando como conductor en la causa. Intercambiamos la primera mirada. Siento su calidez en mis ojos y le ofrezco la mano, en señal de saludo. Me sonríe mientras pronuncia su nombre y pregunta por el mío.

Salto a su iris en menos de un segundo.

Será deformación profesional, no se lo niego, pero me encanta bucear en los ojos de una persona cuando apenas la conozco. Me gusta el proceso suave y azul por el que un extraño deja de serlo. Ese intercambio de matices, ese proceso de revelación y revelado, ese lento movimiento con el que crecen las hojas de un árbol. Me gusta entrar en iris ajenos y ver cómo se ve el mundo de otro modo. Desde otra esquina. Desde otro ángulo. Viajar sin moverte del sitio. Descubrir paisajes que no se ven con la vista, pero que no por ello existen menos. Practico el buceo metafórico porque siempre he pensado que es a través de los ojos como se alcanza el alma, si es que existe tal cosa, o como se llega a la isla, como a mí me gusta llamarla. Me gusta pensar que, si cada persona es un mundo, este tiene, en realidad, forma de isla.

Y es ya desde ese primer baño, de iris marrón, mirada atenta y ojos amables, desde el cual se percibe que Alessandro pertenece al puñado de gente afortunada que vive en la acera de la simplicidad de la vida, lo suficiente comprometido con la mejora de la sociedad como para implicarse en el cambio y lo suficiente modesto como para aclarar que su gesto vale en realidad poco menos que nada.

—Hombre, ¿de Madrid? —Y descubro que, a diferencia de los madrileños, él no sustituye la *d* final del nombre de mi ciudad por una sonora zeta—. Yo estuve allí viviendo unos meses, por mi trabajo. Mi apartamento estaba en el barrio de Chueca, ¿sigue siendo el barrio *gayfriendly*?

Y yo sonrío al recordar las calles de la zona mientras siento cómo una punzada dulce de nostalgia me pellizca el estómago al recordar mi casa.

—*Come va tutto, Ale?*

El conductor adopta el asiento que le corresponde, ajusta los retrovisores, enciende las cortas y arranca el motor, sin gesto alguno que indique intención de abrocharse el cinturón de seguridad.

Yo me lo pongo en el segundo mismo en el que reparo en ello, en parte por automatismo y en parte por prevención ante la famosa conducción italiana.

—Cansado, acabo de salir del trabajo.

Me echo para adelante en el asiento, intentando hacerme un hueco en la conversación que inician.

—¿En qué trabajas? —Alessandro alza las cejas a través del retrovisor para mirarme.

—Ahora mismo estoy de guarda de seguridad en una empresa. No me pagan mal, pero el horario es complicado.

—Alessandro es uno de nuestros voluntarios más antiguos —dice ella, dándole una amigable palmada en el hombro izquierdo—. Puedes preguntarle lo que quieras, que seguro que te sabe responder mejor que yo.

Aprovecho la oportunidad sin tiempo para pensármelo.

—¿Por qué decidiste empezar a colaborar con la asociación?

—Un compañero de mi antiguo curro la conocía y me habló de ello en su día. Estuvo conduciendo la furgoneta durante bastante tiempo, pero le terminaron trasladando a otra ciudad, así que no le quedó más remedio que dejarlo. Y aquí sigo yo. Supongo... supongo que me gusta sentir que hago algo con el tiempo libre que tenga un efecto positivo, aunque bueno, ya ves tú lo que me cuesta —dice, restándose humildemente importancia.

—Yo creo que la experiencia en esta asociación tiene que cambiar mucho en función de si eres hombre o mujer, ¿verdad?

—¿A qué te refieres?

—Imagino que como mujer se tiende a empatizar más con ellas y a plantearse el famoso «podría ser yo» mientras que como hombre quizás se cuestione uno más el rol del cliente, ¿no?

—Sí, sí, cierto —interviene, reafirmando mi punto—. Sin lugar a dudas. Una de las cosas que me salta a menudo a la cabeza es precisamente esa, los motivos que llevan al cliente a buscar algo así, ¿sabes? Siempre que veo la cara de niñas que tienen la mayoría me pregunto cómo es posible que alguien quiera pagarles, si es evidente que si fuera por ellas...

—¡Para, para! —interrumpe de golpe la *Operatrice*—. Aquí tenemos a la primera.

Alessandro da un frenazo brusco y pone el intermitente, acercándose al arcén.

—Empezamos —dice la *Operatrice* saliendo del vehículo y, dirigiéndose a la otra voluntaria, añade—. Que no se te olvide el té.

Dan varios pasos hasta situarse junto a la única silueta que la oscuridad de la noche forma, débilmente iluminada por el amarillo de una farola. La calle está desierta; el polígono en el que nos encontramos, deshabitado.

Entonces la veo.

Una joven, de una edad próxima a la mía, que acepta con una sonrisa y un leve asentimiento de cabeza el té y las galletas que mis compañeras le ofrecen. Su tez clara y sus ojos limpios sitúan su procedencia en algún lugar de Europa del Este. El abrigo ajustado con el que se protege del invierno en Italia se acaba a la altura de su cintura, dejando ver el breve trozo de tela que lleva por falda. Sus piernas, desnudas ante el frío, están cubiertas hasta la rodilla por unas botas de tacón y cuero sintético. Su rostro, de facciones agradables, ríe ante la presencia de una broma que no oigo.

Su visión me arranca de golpe la tranquilidad con la que había permanecido hasta el momento. El contraste entre su actitud y *profesión* escapan a mi comprensión y a mi juicio. *Dulce* es la palabra con la que describiría el modo en el que gesticula y, sin embargo... En mi mente se cuela la imagen de cómo será ella mientras *trabaja*, la posición que mantendrá, el diálogo que intercambiará, las cosas que escuchará... Lo bloqueo en el momento mismo que descubro su presencia. Es demasiado grande como para pensarlo siquiera.

Conversan a una distancia de cinco metros del coche, lo suficientemente cerca como para que pueda verlas hablar de manera nítida, pero lo suficientemente lejos como para que no pueda escuchar nada de lo que dicen. Observo cómo las palabras se escapan del diálogo en mi dirección, tratando de alcanzarme, pero fracasan antes de conseguirlo, amontonándose al otro lado del vidrio, empujándose las unas a las otras mientras intentan encontrar sin éxito un hueco en la superficie lisa del cristal que nos separa.

A pesar de ello sigo mirando. La cercanía en edad me hace participar en la escena como quien observa su reflejo en el espejo de la realidad alternativa. Una realidad que no es por puro azar. Por haber nacido en una vida afortunada, en una familia con suerte, en un país como España. Una realidad que *no es*, pero que podría serlo.

«Podría ser ella», me digo, a la par que siento el frío en el cuerpo de estar yo misma calzando sus botas, fuera del coche, sin llevar ni mi jersey verde, ni el gordo y negro de lana. Siento la carne de gallina en los muslos, desnudos ante la noche. Sonrío al distinguir a lo lejos la silueta de un vehículo conocido. Imagino lo que tiene que ser ver la furgoneta naranja como el único automóvil que se detendrá a mi vera poniendo el foco en mi persona en lugar de en mi cuerpo. Imagino el interés que concedería a la conversación que ahora mismo mantienen, y entiendo entonces la risa que brota de manera natural de mis labios ante la presencia de un chiste. «Podría ser ella», me repito, imaginándome ahí de pie, parada y sola, esperando ganar dinero en forma de clientes. La pienso mientras trabaja. Me pienso mientras trabajo. Imagino la escena desde sus ojos. Imagino lo que ve ella desde sus ojos. Convierto sus ojos en los míos. Imagino la escena desde mis ojos. Intento bloquearla de nuevo, pero píxeles de la misma se enredan en el campo de visión que mi mente tiene. Intento destruirla, pero no puedo.

—¿Todo bien?

Vuelvo al presente. La imagen se volatiza.

—Sí, sí. ¿Por?

Alessandro me mira desde el retrovisor, adivinando lo que había pasado. Yo sonrío de manera forzada, intentando aparentar tranquilidad y control sobre la situación a pesar de que en mis ojos aún se siente el pulso acelerado.

—Bueno, pues cuéntame. ¿Qué es eso de la Neurociencia, exactamente? —dice, sacándome el primer tema de conversación que se le ha ocurrido.

****

La noche continúa su recorrido a través de las calles, avanzando por una Vicenza que no había visto nunca. Alejados del centro histórico que había visitado durante el día, el coche sigue deteniéndose en cada mujer que encontramos de camino, y Alessandro continúa dándome conversación para evitar que me pierda en el interior de mi propia cabeza.

La Otra Voluntaria y la *Operatrice* bajan y suben de la furgoneta en cada pausa del trayecto. Cada vez que vuelven, la primera apoya el termo en el asiento del medio y comprueba tener aún suficientes galletas. La segunda permanece callada durante los primeros minutos, tomando nota de los elementos importantes de la conversación y registrando la parada. A veces pide opinión a su ayudante, preguntándole por detalles que se le han escapado o pidiéndole una estimación de la edad de la chica para contrastar la que ella misma ha hecho. La mayor parte de las veces, no dice nada.

—Llegamos al *McDondalds*, detente ahí delante.

Dicen que hay realidades que tienes que ver para entenderlas.

—Con ellas tenemos una aproximación distinta... —Retazos de ecos inundan de pronto el coche—. Son tantas que no abarcamos a crear una relación personal... —alzo los ojos, buscándolas con la mirada—. Siempre cambian de nombre y de peluca... —Distingo algo en el fondo, de letras tenues y apagadas—. Es difícil reconocerlas de encuentro a encuentro... —el aire condensado en forma de recuerdos caligrafiados—. Van siempre en grupo, ya lo verás.

Una, dos, tres, cuatro... Logro llegar hasta seis antes de que otro grupo aparezca detrás de un camión y se aproxime a donde estamos. Siete, ocho, nueve... Algunas de ellas se empujan en gestos amistosos, más propios de la niñez que de la adolescencia. Once. Doce. Trece. La mayoría extiende las manos, esperando poder recibir té y, sobre todo, galletas. Dieciséis..., ¿diecisiete? Decido dejar de contar ante la imposibilidad de conocer con exactitud la cifra, y las anoto mentalmente bajo la etiqueta de «muchísimas». Recupero las palabras del inicio de la noche y entiendo por qué es imposible establecer un vínculo personal con cada una de las nigerianas. La individualidad, en el interior de un grupo numeroso, se difumina.

Las observo en detalle, desde el cristal de la ventanilla. Una de ellas descubre mis ojos y me saluda, alzando la mano y sonriendo con dientes blancos. Devuelvo el gesto en automático mientras me detengo en su cabello, y en el de la chica de al lado, y en el de la chica de al lado. Todas ellas lucen peinados trabajados, de colores imposibles y recogidos cuidados. La oscuridad de la noche disimula la falsedad de los mismos, pero el carácter liso que todos ellos poseen los hacen incompatibles con su genética: las negras no tienen el pelo liso. La artificialidad de los gustos de los clientes y el pobre intento de satisfacción de los mismos.

Me detengo en sus rostros. La gran distancia en edad que nos separa se me clava en el estómago, por imprevista e inesperada. A mis veinticuatro años desconocía lo que era sentirse vieja. La noche me lo explica en un golpe abrupto de realidad, que no perdona la ignorancia. «¿Pero todas estas son mayores de edad?», me pregunto, sabiendo que poco importa. Que qué más da si tienen en verdad los dieciocho. Que da igual si son legalmente adultas, porque llevan en la cara pintada la palabra niña. *En teoría.* La respuesta de Alessandro me revela que la he formulado en voz alta.

—¿Pero no se quitan clientela al estar todas juntas?

—No lo sé. Preferirán la compañía a ganar en soledad más dinero.

Miro a un lado y a otro. Son tantas que la mejor cuantificación es aun así aproximada. Todas llevan peluca y se ocultan en nombres falsos. Están tan cerca que tres de ellas se apoyan en la superficie de la furgoneta. Murmullos de sus conversaciones atraviesan las chapas del coche, sin intención ni esfuerzo visible. Dos de ellas se abrazan a medio metro. Otras dos se unen al grupo, cogidas del antebrazo. Todas quieren té y piden galletas. La risa como columna vertebral entre todas ellas.

Porque

Todas

Ellas

Ríen.

Todas ellas ríen, se pinchan, se gastan bromas, se cuentan chistes. Una de ellas roba visiblemente una galleta de la mano de otra. Esta última finge enfado y la recupera a través de un puñado de cosquillas. La primera se rinde entre risas, devolviéndole en pago dos galletas. Su actitud me recuerda a la que poseía yo misma en la adolescencia. La tónica general de la escena se enfrenta radicalmente con el contexto en el que estamos.

«¿Pero estas saben que van a estar follando?», la pregunta estalla en mi cabeza. El contraste entre lo que veo y lo esperado es demasiado grande para no provocar que la incomprensión explote dentro de mí. Miro a mi alrededor. Me cuesta entender dónde me encuentro. «¿Saben acaso siquiera lo que significa la palabra *follar*?», un sentimiento de protección del que me había esforzado por desprenderme en casa escapa entonces de mis labios. La niñez en sus rostros y la estupidez en sus bromas me las convierte automáticamente en hermanas pequeñas. «Quizás no tengan tantos clientes», me digo, en un intento de encontrar explicación a algo.

—... Es lo que te decía antes. —Reparo entonces en que Alessandro llevaba hablándome un rato—. Que cuando veo la cara de niña que tienen me dan ganas de parar a los clientes y preguntarles cómo es posible que las escojan a ellas.

Yo respondo con silencio, porque no sé muy bien qué decirle. Veo cómo la *Operatrice* alza la mano, en señal de despedida, al otro lado del vidrio, y da media vuelta en dirección al coche. Da dos pasos. Abre la puerta. La Otra Voluntaria la imita, entrando al interior por la puerta situada a mi izquierda. Saludan de vuelta en voz baja.

—Aquí estamos.

—¿Te puedo plantear un par de dudas? —Apenas se ha sentado y yo ya le he preguntado.

—Un momento. —La *Operatrice* responde sin girarse, escribiendo con rapidez en el cuaderno en el que apunta todo. Pasados unos minutos, al acabar, se vuelve hacia mí, indicándome con un gesto que está escuchando. El vehículo está en marcha de nuevo.

—¿Cuántos clientes tienen por noche aproximadamente?

Ella permanece unos instantes en silencio y pensativa, torciendo los labios, antes de responder.

—A ver... es difícil darte cifras exactas.

—Imagino. Es solo que no sé entre qué rango se encuentra *la normalidad* aquí. No sé si tienen muchos, tipo tres o cuatro por semana, o por el contrario pueden pasar semanas sin que consigan ganar nada de dinero...

La *Operatrice* me mira en el gesto típico que se dedica al ingenuo, al ignorante, al que no sabe, pero se esfuerza por entender.

—Un cliente por noche es bastante poco, para que te hagas una idea.

Alzo las cejas. Abro los ojos.

«Un cliente por noche».

Mi mente no lo acepta. Mi voz pregunta, esforzándose por ocultar la perplejidad que la cubre.

—¿Todas esas niñas...? —me interrumpo—. ¿Todas esas chicas van a tener hoy al menos un cliente?

La imagen apenas vista se me rompe en pedazos delante de la retina. El todo transfigurado en mil astillas que se encuentran, de repente, flotando a nuestro lado, intentando abrirse paso en nuestra conversación. En su parte lisa, reflejan aún las bromas que hace algunos segundos veía. Con su parte punzante, pican en ritmo incesante la burbuja en la que nuestro diálogo se sucede. Intento alejarlas de la escena, centrando mi atención en las palabras de mi interlocutora, pero es complicado. Resulta difícil. Hacen ruido. Se mueven. Gritan. Veo cómo una nube, húmeda y negra, de bruma y cenizas, avanza hacia ellas, rodeándolas desde la espalda, cubriéndolas con sus brazos de niebla. Caricias no pedidas que la noche les entrega. Pican más rápido, sin pausa ni éxito. Las sonrisas se congelan con el primer contacto. Las risas se detienen, en interrupción eterna, sostenidas en el aire. El frío de la noche quema la escena.

—Sí, pero en realidad es algo *bueno*... Entiéndeme... Es el modo que tienen de ganarse la vida.

—¿Cuánto ganan?

Intento buscar algún tipo de beneficio en el dinero. Algo que explique, que justifique, que ponga luz y sentido a todo aquello.

—Esa es una de las preguntas más difíciles de contestar... Depende de muchos factores, la edad, la temporada, lo que se cobre en la zona, el país de procedencia... Las nigerianas por ejemplo son las que más barato se venden, por diez euros ya hay chicas que...

La interrumpo, sin pretenderlo.

—¿Diez euros? —La cifra explota en mi cabeza; mi voz no disimula ni angustia ni desasosiego—. ¿Hay chicas que en la calle ganan tan solo diez euros? —El número se me escapa de los labios y se materializa, allí mismo, a mi lado. Se acomoda en el asiento del medio y se abrocha el cinturón, en gesto cuidado y precavido. Me mira pidiéndome disculpas por su existencia y se encoje de hombros, como diciendo que qué va a hacer él. Que no es su culpa. Que no lo juzgue. Que es el precio que marca la calle. Comienzo a respirar con dificultad. Ocupa demasiado. Tiene kilos de más. Come terreno y espacio. Su codo se me clava en el costado y hace que me encoja en mi asiento, intentando evitar cualquier tipo de contacto.

—Sí... así es... Luego las hay que cobran más, claro. Las trans, por ejemplo, dicen que son las más cotizadas porque saben cuidar a sus clientes.

A cada palabra que me dice la *Operatrice* yo siento que me alejo un paso más adentro. Sigo allí, pero la distancia entre mí misma y el resto, de real y evidente, parece física, a pesar de que seguimos compartiendo el mismo techo. Imagino que es algún mecanismo de defensa, o que sencillamente mi cabeza necesita tomar perspectiva para empezar a procesar la realidad que se me presenta. Una realidad que ignoraba conscientemente; un trozo del mundo del que el no saber te protege, porque se vive mejor creyendo que cosas así no existen, que vidas así solo pertenecen a personajes de las obras de Dickens.

Pasamos al lado de otra chica. Y otra más. Y otra. En algún momento he dejado de saber con cuantas han ya hablado. Al inicio del recorrido intentaba quedarme con sus nombres. Ante la imposibilidad inmediata de la tarea, traté al menos de llevar la cuenta, traducir su existencia en números, reducir sus vidas a cifras, pero en menos de una hora, ya no sé si llevamos cuarenta o siete decenas. En realidad, no sé qué número me esperaba, pero la cantidad de chicas que hemos ya visto supera con creces aquello que me había imaginado.

Y yo,
que solo pienso,
que para cada
una
de
esas
chicas
en solo esta noche
habrá al menos un cliente.

Triste es que haya tantas putas,
pero más triste aún es que existan tantos puteros.

A ellas les empuja las dificultades de una vida no elegida.
Su número representa la injusticia que existe en el mundo.
Ellos, sin embargo, tienen capacidad de decisión.
Su número representa el más puro egoísmo humano.

—En cierto sentido creo que me apetece vivir en una ciudad tan grande como Madrid. Yo es que soy de aquí, de Vicenza, ¿sabes?

En cada pausa del coche, Alessandro retoma el tema de conversación que habíamos iniciado, rescatando recuerdos de Madrid, de sus años de voluntariado, preguntándome por planes de futuro y por los meses que en Padova había pasado. Yo respondo con monosílabos que cada vez controlo menos. Él no se rinde y sigue hablando. Un intento invisible e infructuoso de devolverme al presente de mi día a día, al lado del cristal que queda dentro del coche.

—Con el tiempo una ciudad así se te termina haciendo pequeña, ¿sabes?

Y mientras habla paramos con otra chica. Y otra. Y otra más. Y otra que lleva una vistosa peluca rosa que le supera la cintura, llena de trenzas y de mechas claras. Y la palabra entra en el coche, y se me coloca a la altura de los ojos, entre la cabeza y el asiento de delante.

«P-E-L-U-C-A».

Así, en letras grandes. A la altura de los ojos, entre la cabeza, y el asiento de delante. Yo me quedo mirando las letras mientras siento cómo mi cuerpo se distancia un pulso más a cada segundo de vida. La conversación de Alessandro me empieza a llegar en diferido, y yo comienzo a responder en automático, a asentir y sonreír de vez en cuando. Mi cabeza está en otro lado, enredada en la caligrafía de las letras *L* y *U*, cuando la palabra «CLIENTE», que llevaba un tiempo haciendo eco en mi mente, me abandona por un oído y se sitúa a la derecha, al otro lado del número diez, que sigue ocupando demasiado espacio. Intento mantener la calma y respirar hondo para tranquilizarme, pero el coche se está empezando a quedar demasiado pequeño. Demasiado estrecho.

La *Operatrice* y la Otra Voluntaria entran de nuevo en el coche, y nos ponemos en marcha. Se ponen a hablar, pero yo ya no escucho. Estoy lejos. Me esfuerzo por pensar en otras cosas. Rescato recuerdos distantes mirando por la ventana. Intento sacarme de dentro del coche.

Siento cómo la furgoneta da de pronto un frenazo y se para junto a la cuneta. Me asomo del trance con los ojos, apoyándome con las manos en el muro que me separa del resto, intentando visualizar lo que ha ocurrido.

—¿Estas también? Pero son demasiado jóvenes, ¿no?

No entiendo a qué se refiere, y miro hacia la calle.

Y ahí están.

Dos niñas de brillo en los ojos y sonrisa clara. Cruzamos una mirada. Una súplica resuena en mi cabeza. «Ellas no, por favor». —Sigo callada, inmóvil y en silencio en la soledad de mi asiento—.

> Por favor, si se les ve ingenuidad en la cara. Por favor, que sean dos chicas que se han perdido, que estén en la calle porque querían pasear un tiempo, porque no querían estar en casa, porque han discutido con sus padres, qué se yo... Pero ellas no, por favor, por favor, por favor.

Pero el coche ya ha parado. La *Operatrice* ya se ha bajado y la Otra Voluntaria ya ha comenzado a servir té y ofrecer galletas. El motivo que las lleva a estar en la calle es simple, duro y claro.

Pasados diez minutos regresan al coche. Inician una conversación, pero yo / ya no estoy /ahí. He abandonado por completo mi cuerpo. A mis oídos solo llegan resquicios de los ecos, palabras entrecortadas que atraviesan la muralla que ha crecido, inútil, a mi alrededor. Como si la piedra pudiera protegerte del frío. Eterna ilusa. «Te cuentan que hay hombres en algunos países del Este que se sientan en las salidas de los colegios para vigilar qué niñas son más atractivas, y claro, eso te deja un mal cuerpo...» *EUROPA DEL ESTE*, *NIÑAS* y *CUERPO* se materializan. «Como hombre, siempre me pregunto, ¿cómo eres capaz de pagar por algo así? Si se ve en su cara que ellas no quieren». *PAGAR* se sitúa al lado de *CLIENTE* y veo cómo el número diez les guiña un ojo, sugerente. «La creencia de la libertad es una ilusión bajo la cual vivimos». *LIBERTAD* aparece marchita y tenue, junto al copiloto. «Te dicen que a sus hijos no les falta de nada y a lo mejor llevan dos años sin verlos». ¿Cómo? ¿Las hay *MADRES*? «¿Y lo del Black Taxi, qué? Qué cabrones... Que les hacen pagar diez euros *a testa* por trayecto...». Un TAXI empieza a discutir con el *NÚMERO DIEZ*, a mi izquierda. *CLIENTE* sonríe divertido. Se agranda. Se multiplica. «Existen pueblos en Europa del Este en las que la población femenina de una determinada franja de edad sencillamente no existe, porque todas vienen aquí a trabajar de *camareras*». Y el coche sigue parando, y arrancando, y otra chica, y otra, y más té, y otro par de galletas, y otra chica. Y otra. Alessandro sigue sacándome tema en cada pausa, pero la conversación se hace cada vez más difícil. La *Operatrice* baja del coche, y sube, y baja, y otra chica, y baja, y sube. Él sigue hablándome de Madrid, de las grandes ciudades, preguntándome que qué es eso de la Neurociencia, pero sus palabras me llegan cada vez menos. Tengo dificultad para verle a través de las letras condensadas. Agacho la cabeza, intento hablarle por debajo de la palabra *CAMARERA* pero sus letras se entremezclan con la palabra *MADRE* y la palabra *CALLE* y ya ni siquiera alcanzo a ver sus ojos, amables, cálidos y oscuros. Respiro con dificultad. El espacio cada vez es menor y el aire se está acabando. Respiro, pero el aire no llega. ¿Pero cómo ellos no lo notan? Que ya no hay aire en el coche, que alguien baje la ventanilla, o abra una puerta, o haga algo, joder. Que vale que seamos solo cuatro, pero no contábamos con que las letras se comieran tanto espacio. El *NÚMERO DIEZ* me pone una mano sobre la rodilla intentando tranquilizarme, pero yo se la quito de un manotazo. Podría ser ella. Respiro, pero el aire no llega. Cada pensamiento que me pasa por la cabeza se termina materializando y robando así un poco más de espacio. Intento no pensar, pero es imposible. Respiro. Pero el aire no llega. «Mira, un cliente». Y la palabra, ya presente, aumenta aún más de tamaño. Intento no pensar, pero el aire no llega. «¿Y ellas?». Me digo. «¿Qué pensamientos tendrán ellas en la soledad del sexo? ¿La lista de la compra? ¿Su vida en el país del que venían? ¿Su familia? ¿Su casa? Cuando estén *trabajando*, ¿tendrán algo en la cabeza o serán capaz de mantenerla en blanco?». Y entonces, movidas por un huracán, zarandeadas por un terremoto, un puñado de frases y pensamientos entran de golpe en el coche. Palabras jamás pronunciadas. Jamás compartidas. Sin presencia física. Que jamás habían ocupado ni tiempo ni espacio. De golpe. Todas ahí. Apretadas contra las ventanillas. Empujándose unas a otras, intentando adquirir por una vez algo de protagonismo. Una *SOLEDAD INFRANQUEABLE* deja su firma en todas. Respiro, pero ya no hay sitio. El espacio libre se ha convertido en una utopía inalcanzable. Impracticable. Inhabitable. La conversación de Alessandro y la *Operatrice* sigue escupiendo palabras, que siguen robando más y más espacio. Respiro, pero el aire no llega. El coche que para. La *Operatrice* que baja. ¿Quedan galletas? Y otra chica. Y otra. Y la voluntaria. Que sube. Y que baja. La *Operatrice*. Que sube. Que baja. Y otra. Y otra más. No hay aire. Me ahogo. Me falta la respiración. No me llegan las letras.

Respiro hondo.

El aire no llega.

Pausa.

La solución estalla entonces en mi cabeza.

ESCRIBIR

Tengo
Que
Escribir
Sobre
Esto.

Silencio.
Absoluto silencio.

Alguien ha dado al botón de pausa.
Un oasis de aparente calma.
Todo sigue ahí, pero ya no hace ruido.

Todo se mueve con lentitud,
con suavidad,
de forma blanda.

Las palabras siguen flotando, el aire sigue siendo escaso, el número diez sigue sentado a mi lado, pero...
... ya no hay ruido.
Ni viento.
Ni tempestad.
Ni marea.

Respiro con dificultad.
Pero respiro.

—¿Qué tal ha ido? ¿Sigues viva?

Salgo del coche. Siento cómo el frío me abraza. A pesar de mi abrigo. A pesar del jersey verde. A pesar del jersey negro y gordo de lana.

—Bueno, ya verás, si es que la primera noche es la más aburrida...

La voz no me alcanza los labios. La palabra desencadena un eco en mi mente. «Aburrida. Aburrida. Aburrida...». El significado no me llega por alejarse demasiado de la descripción de lo vivido. ¿Aburrida?. Sonrío cordialmente y me despido con un gesto hasta la semana siguiente.

* * * * * * *

Ayer comencé a colaborar con la Unità di Strada de la asociación Mimosa.

—**Mimosa**: nombre de la asociación que posee la Unidad de Calle.

—**Puta**: nombre de la población con la que trabajan; mujer que ofrece sexo a cambio de dinero.

—**Mimosa**: en italiano, nombre de la flor que se regala a la mujer el día 8 de marzo.

—**Puta**: malsonante. Calificación denigratoria. Peor insulto que puede recibir una mujer.

—**Mimosa**: en español, persona aficionada a los gestos de cariño, afecto y ternura.

—**Contracondicionamiento**: en psicología, proceso por el cual una palabra o evento pierde su carga emocional negativa como consecuencia de la asociación de la misma con una palabra o evento que posee carga emocional positiva.

2
FÉNIX

Dicen que un voluntariado se hace siempre por fines egoístas.

—*Ciao, buongiorno! Benvenuta al Centro di Servizi per il Volontariato di Padova.*

El nombre de la ciudad aún evocaba en mí fragmentos de las tardes que me pasé navegando por sus calles sin salir de mi cuarto en España. Víctor me decía que de seguir recorriéndome todos sus rincones no tendría nada que descubrir una vez me hubiera mudado, pero yo le ignoraba y seguía buceando a golpe de clic en aquella ciudad inexplorada. Desconozco la cantidad de horas que invertí en aquella primera inmersión, pero sé que fueron las suficientes como para que, una vez hube llegado a ella, la ciudad poseyera un aire familiar que me hizo sentir como en casa. Imágenes de una Padova que no conocía se sucedían en la pantalla, a un leve movimiento de índice. Imágenes que contemplaba embelesada, apreciando cada esquina, admirando cada uno de sus rincones con los ojos de la que miran idealizando lo que observa.

Los ojos de la que miran estando enamorada.

Porque yo,

a Padova,

me mudé por amor.

La mía fue una historia de inicio dulce y desenlace amargo. De giro de acontecimientos no buscado, de final quebrado e inesperado. Fue una de esas historias intensas y ciegas, que tan solo existen cuando se tienen menos de veinticinco años. Una de esas que, por imposibles, pertenecen más a la ficción que a la realidad, por terco que sea nuestro impulso de convertirlas en verosímiles. Es como tratar de encajar la pieza de un puzle en un hueco que no le corresponde. Si aun así te obstinas y tratas de ajustarla, la pared con la que te golpeas te indicará, una y otra vez, que ese no es el camino. Y si lo intentas con demasiada fuerza, la realidad terminará explotándote en la mano.

A mí, la realidad me estalló en la cara en una de esas lecciones que solo la vida es capaz de darte.

—Buenos días. Me acabo de mudar a la ciudad y me gustaría participar en algún voluntariado.

Sé que de no haber sufrido un desengaño amoroso me habría terminado uniendo a la asociación de todos modos: la prostitución era un tema que me interesaba desde hacía años y mi vida profesional de Padova consistía en un proyecto que tan solo contaba con tres personas, incluyendo a mi jefe y a mí misma. Y yo, acostumbrada a invertir mi tiempo en compañía, tenía demasiadas ganas de conocer a gente. Lo único que en realidad hizo el desamor fue transformar las ganas en necesidad y los huecos de tiempo libre en espacios que tenían que ser urgentemente rellenados.

Y, sin embargo...

y a pesar de todo,

me gusta señalarlo como causa última de estas líneas.

El huracán en el que se transformó la mariposa con la que todo empezó convertido a su vez en coleóptero generador de nuevos principios. El final de una historia como punto de inicio de la siguiente. La vida como continuo imparable de causa y consecuencia; de causa y consecuencia. De causa y consecuencia. Me gusta pensar que las ruinas pueden utilizarse como pilares para la reconstrucción de uno mismo. Es la vieja historia del fénix que se reconstruye sobre su propia muerte. De ser eso realmente así, de conservar la metáfora algo de realidad en sus alas, la tinta de esta historia estaría cargada de escombros y cenizas.

—Encantado. Me llamo Mario. Acompáñame por aquí y te informo de los distintos programas que tenemos.

El joven salió de detrás del mostrador en el que se encontraba y me indicó con un gesto que le siguiera por un pasillo breve de paredes de gotelé. Sobre ellas, anuncios de distintos voluntariados se expresaban en forma de carteles. El edificio en el que estábamos había sido remodelado hacía poco y se encontraba al lado de una casa okupa, en la zona Portello, a diez minutos escasos de mi laboratorio. Estar tan cerca de todo era una ventaja a la que mi mente cosmopolita aún no se había acostumbrado. Llevaba ya varias semanas viviendo en Padova. Había conseguido chapurrear un italiano con el que era capaz de defenderme, pero con el que aún estaba lejos de sentirme cómoda en las conversaciones.

—Cuéntame. ¿Qué te interesa? ¿Tienes alguna preferencia?

Yo arqueé las cejas y me encogí de hombros.

—Yo... bueno... en realidad...

Y mi incapacidad por decidirme derivó en una lista de unas veinte asociaciones que tardé algo más de medio mes en revisar al completo. Seleccioné la prostitución como opción prioritaria en el momento mismo en el que apareció como posibilidad, y la asociación Mimosa al descubrir que se encontraba a un minuto andando de mi casa.

—Además la página web está genial, y por lo visto te ofrecen cursos de formación para entender mejor la situación de la prostitución actual antes de comenzar a colaborar con ellos —chapurreaba por teléfono en una conversación España-Italia.

Cumpliendo con lo acordado, escribí un email a Mario una vez me hube convencido de que la decisión escogida era la correcta. Su respuesta fue breve; recibí un «Me alegro de tu opción, has escogido bien. Te escribo en cuanto concrete el primer encuentro con la coordinadora» que leí con el alivio de aquel que siente que su vida comienza a encarrilarse de nuevo. Y en tan solo cuestión de días, me vi atravesando las vallas rojas de hierro que rodeaban el jardín de la asociación y buscando la puerta de entrada en el caserón en el que la misma había conseguido instalar su sede. La mano de pintura color crema con el que habían cubierto las paredes disimulaba los años que el edificio tenía. El interior, totalmente remodelado, tenía el carácter práctico de una oficina, pero la estructura noble del antiguo palacete lo situaba indudablemente en el Véneto del siglo XVIII.

—Otra española... nos estáis invadiendo poco a poco, ¿eh?

—¿Perdón? —le estreché la mano mientras me acomodaba en la silla que me ofrecía, al otro lado de la mesa de su despacho. En la sala en la que estábamos convivían dos mesas con forma de *L* que ocupaban la mayor parte de la superficie de la misma. Eran pasadas las siete, así que su compañero ya se había marchado y nos encontrábamos solas en el edificio.

—La coordinadora de la *Casa di Accoglienza* y una de nuestras *operatrici* son también españolas... Pero no me quejo, ¿eh? *Sono assolutamente innamorata della Spagna.*

Mi interlocutora tenía los ojos grandes y verdes, el gesto cálido y amable y el pelo teñido en un rubio postizo. El modo en el que se movía inspiraba cercanía, y el cariño con el que hablaba de mi país no hacían más que reforzar esta idea. Cuando te encuentras fuera de tus fronteras, cualquier gesto de afecto hacia tu lugar de origen se traducen en una automática simpatía hacia el emisor de la frase. Al menos, a mí me pasa.

—¿Y eso?

—Estuve allí haciendo el Erasmus durante algunos meses, cuando estudiaba la carrera.

—¿En qué ciudad?

—Bueno... —Ella dejó escapar una carcajada antes de continuar—. Todo español al que se lo digo se ríe por motivos que aún no he llegado a entender del todo.

Me concentré mentalmente para no hacerlo a la par que una sonrisa se me contagiaba en los labios por acto reflejo.

—Dime, que no me río.

Ella carraspeó, en un intento de dar énfasis a lo que decía.

—Albacete —dijo, pronunciando lentamente cada una de sus sílabas.

Una carcajada involuntaria nació sin quererlo en mi garganta.

—¿Ves? Lo que yo decía —dio énfasis a la frase poniendo los ojos en blanco y con un gesto exagerado coherente a su nacionalidad.

—Perdona, lo siento, pero es que... —intentaba pensar en otra cosa, pero la unión de dos conceptos como «Erasmus» y «Albacete» me resultaban incompatiblemente cómicos.

—No te excuses, que yo no me ofendo... Sois vosotros los que os perdéis sus tapas —dijo, interrumpiéndome amigablemente y, dando un golpe en la mesa con ambas manos entrelazadas, indicó que cambiábamos el tema de conversación al asunto que nos tenía allí reunidas—. Bueno, así que has decidido meterte de lleno en la esclavitud del siglo XXI.

Yo me recoloqué en el asiento y me dispuse a centrar toda mi atención en sus palabras.

—¿Esclavitud?

—Sí, claro. La prostitución es la versión moderna de la esclavitud.

Me sorprendió por unos instantes la crítica tan tajante con la que comenzaba la conversación. Sabía que en muchos periódicos utilizaban el término siempre que anunciaban el desmantelamiento de alguna mafia por parte de la policía; el concepto «esclavitud sexual» era algo que había escuchado en muchas ocasiones con anterioridad. Pero, aun así, sorprendía encontrárselo cara a cara en la primera toma de contacto con aquel mundo.

—¿Son entonces todas fruto de la explotación? —intenté ocultar en una pregunta la impresión que me había provocado.

—Como todo en esta vida, depende de cómo definas el término.

—Bueno —me encogí de hombros—. Me refiero a si quieren hacerlo realmente.

—No te confundas. Absolutamente nadie *quiere* dedicarse a la prostitución, al menos no en las condiciones con las que aquí *trabajan*.

—Vale, bueno, me refería a si... —Intentaba encontrar palabras que se adecuasen en un idioma que no controlaba—. A si son realmente libres de hacerlo.

—Como nos pongamos a definir lo que es la libertad... —Al percibirme arrinconada, decidió continuar ella misma con el discurso—. En realidad, depende de dónde pongas el límite a lo que entiendes por explotación. Hay muchos niveles distintos de lo que se entiende por ello, ¿sabes? No están bajo el mismo grado de explotación las nigerianas que las mujeres que nos vienen de Europa del Este, por ejemplo. Pero si consideramos ya explotación el hecho de tener que pagar a una tercera persona por el mero hecho de *estar* en la calle, podemos decir que todas las prostitutas que existen actualmente, al menos en esta región de Italia, son fruto de la explotación.

—Entiendo que pagan para estar protegidas de posibles amenazas, ¿no?

—Bueno, si quieres verlo así... pagan a hombres para evitar que se transformen ellos mismos en amenazas.

La revelación se me atragantó en el esófago. Mentiría al decir que era la primera vez que mi cabeza procesaba aquella información, aunque desconociera en qué contexto la había escuchado antes. Aún con esas, la digestión se hacía pesada. Golpearse con las aristas de la realidad cuando estás apenas empezando a sumergirte en aguas no exploradas rasga la piel y hace heridas.

—La asociación tiene dos proyectos actualmente. —Mi interlocutora comenzó con el discurso que se tenía preparado. Yo me agarré a sus palabras para traerme de vuelta al momento presente—. Te lo menciono de pasada porque, aunque estés más interesada en la *Unità di Strada*, nunca está de más saber qué otras cosas hacemos.

—Teníais también una *Casa di Accoglienza*, ¿verdad?

—Exacto. Este mismo edificio es el que funciona también como residencia. ¿Sabes en qué consiste?

—Creo haber leído que trabajáis con menores... ¿no?

—Eso es. En pocas palabras, se trata de un centro mixto de trabajo con menores en el que nos encargamos de la educación y el crecimiento de jóvenes de orígenes diversos: algunos han cometido delitos, otros son menores no acompañados, otras son chicas a las que la trata las había obligado a prostituirse antes de los dieciocho... Así que trabajamos con ellos, durante varios meses o incluso años, hasta que se reinsertan en la sociedad, cumplen los dieciocho, o la situación que les ha traído hasta aquí se soluciona. El curso de formación tiene todo un día dedicado a hablar sobre ello, así que allí te enterarás bien de lo que hacen.

Yo asentí con la cabeza mientras tomaba nota en el cuaderno que me había traído para dejar constancia de todo. A veces me preguntaba por el sentido de aquella manía, cuando pocas veces revisaba lo que escribía porque mi memoria se encargaba siempre de recordar lo más importante. Había adquirido la costumbre de niña, copiando el hábito pulcro y ordenado que tenía mi madre en los claustros de su colegio cuando la miraba con los ojos de quien encuentran en su figura una heroína. Estaba tan dentro de mi identidad que era difícil renunciar a ello ahora, cuando ya pasaba los veintitantos y llevaba operando así desde que tenía ocho años, así que con el tiempo había dejado de cuestionarme su utilidad y lo había aceptado como parte inherente a lo que era.

—Y luego está *l'Unitá di Strada*, que según leía en tu *mail* es el proyecto que más te interesa de primeras, ¿verdad?

—Sí, eso es.

—Con la prostitución tenemos un enfoque que en un principio cuesta entender.

Fruncí el entrecejo y dejé de escribir por un momento.

—¿A qué te refieres?

—Te explico brevemente: esta asociación se creó en los años noventa a mano de un grupo de estudiantes que, viendo el problema que había en la zona de la Arcella con la prostitución, se propuso abordarlo de algún modo. Así que, lo que decidieron fue sacarlas literalmente de las calles: las recogían en sus coches, las llevaban a sus casas…

Me crucé de brazos mientras escuchaba en silencio, reclinándome en el respaldo del asiento.

—Con el tiempo todo esto evolucionó, la asociación creció, se consiguieron apoyos institucionales... Y se empezó a ver que este tipo de enfoque atentaba contra la libertad de las chicas, además de que no tenía por qué solucionar el problema.

—¿Por qué no?

—Pues porque si atacas a las calles lo que puedes terminar haciendo es que la prostitución ocurra de puertas para dentro: en burdeles, en casas…

—¿Entonces?

—Entonces se decidió cambiar el modo de actuación y se adquirió la visión de «hacer que el mal sea menor», que es el que mantenemos hoy en día. La prostitución es un mundo de una complejidad desbordante que concierne múltiples países, la colaboración de varias instituciones, políticas exteriores e interiores, valores fuertemente arraigados en nuestra cultura... Es un tema tan difícil de abordar que muchas veces te llena de impotencia comprender lo limitada que es nuestra capacidad de actuación. Así que lo que intentamos hacer es que la situación que a día de hoy existe tenga un… nivel menor de severidad, por decirlo de algún modo.

—¿Cómo?

—Centrándonos en la esfera de la salud. —Mi interlocutora hizo una pausa para que procesase aquella información y continuó antes de darme tiempo a intervenir—. Desde la asociación, intentamos que el estado de salud de estas mujeres sea el mejor posible, dadas sus circunstancias. —Ante mis leves asentimientos de cabeza, siguió hablando—. *L'Unità di Strada* opera siempre de la misma forma. En el coche siempre van cuatro personas: la *operatrice,* que se encarga de llevar las riendas de la conversación, registra cada parada y trabaja en la asociación, las dos voluntarias y el conductor, también voluntario, que por motivos de seguridad es siempre un hombre.

—¿Las voluntarias son siempre mujeres?

—Intentamos que sí, porque a los hombres les ofrecemos colaborar como conductores. Es un mundo con los roles muy marcados, ya lo verás... Para las prostitutas ver a un hombre que se acerca es señal de desconfianza, porque siempre que alguno de ellos se las aproxima es porque quiere algo, por lo que se sienten más tranquilas hablando con mujeres.

—¿Y se bajan siempre las tres, entonces?

—No, se van intercambiando: en cada parada se baja la *operatrice* con una de las voluntarias. Estas últimas se encargan de tres cosas: en primer lugar, son las encargadas de ofrecer el té, las galletas, los folletos informativos y los *portafortunas.*

—¿Los *portafortunas*?

—Sí. Los preservativos. Los llamamos amuletos por la doble función que tienen: porque evitan el contagio de enfermedades y… —hizo una breve pausa, porque sabía que lo venía a continuación sería difícil de entender—, como símbolo de dinero. Es un modo de desearles *trabajo* para la noche que empiezan. No hay que olvidar que la prostitución es el modo en el que estas mujeres se ganan la vida, por lo que utilizar preservativos significa que vuelven a casa habiendo ganado dinero y pudiendo pagar sus facturas.

Asentí mientras sentía que la información se quedaba suspendida en el aire, a la altura de mis oídos, incapaz de entrar en mi cabeza para ser procesada. Sus palabras habían adquirido un tono oscuro y un tamaño reducido, se habían materializado en forma de insecto, y daban vueltas a mi alrededor, revoloteando cual moscas incapaces de encontrar la vía de entrada a mi cabeza.

No entendía
Cómo
Se puede
Desear
Trabajo
A mujeres
Categorizadas
Como esclavas.

Ella advirtió mi situación, pero decidió continuar mientras espantaba un par de las moscas con su mano derecha. Sabía que solo el tiempo me haría entender la realidad de la que me hablaba y aún le quedaba información por contarme en ese primer encuentro, así que continuó su discurso.

—En segundo lugar, las voluntarias sirven como un segundo par de ojos. Tienen que estar atentas tanto a pequeños detalles de la prostituta que puedan ser de utilidad (para la descripción física que luego se utiliza en el registro, por ejemplo, o cualquier signo de violencia o enfermedad) como a cualquier cosa que pueda estar sucediendo en los alrededores y pueda ser señal de peligro.

—¿En el registro?

—Sí. La *operatrice* registra cada una de las paradas que se hacen y las prostitutas que se encuentran en cada una de ellas. Siempre apuntamos sus nombres, pero como a veces se los cambian, nos gusta acompañarlos de una breve descripción de la chica en sí. Pero bueno, de esto no te preocupes en exceso, que se encarga ella.

Asentí en silencio para evitar interrumpirla.

—Y bueno, por último, las voluntarias sirven como apoyo para la conversación que se mantiene.

—Imagino que no es lo mismo una conversación entre dos, que el tema siempre puede costar más, que entre tres, ¿no?

—Exacto. Aunque ya verás que todas tienen por lo general bastantes ganas de hablar.

Aquello me dejaba en un estado de incomprensión del que solo la experiencia directa sería capaz de sacarme, según me dije. Era incapaz de representarme la conversación mantenida con alguien cuya vida se alejaba tanto de la que, a ti, por un golpe de azar y suerte, te habían regalado. Por no saber, desconocía incluso el tema o la profundidad de la misma. Mi curiosidad preguntó antes de que yo pudiera hacer nada por silenciarla.

—¿Y de qué se habla generalmente?

Ella sonrió, visualizando en mi cara la ingenuidad y las dudas.

—Pues de temas muy variados, la verdad. A veces te hablan del color de las uñas y del nuevo corte de pelo que se han hecho, otras te cuentan sus planes de futuro, la última vez que han hablado con sus familias... y a veces, cuando la relación está lo suficientemente afianzada, te cuentan sus problemas.

—¿En serio llegan a sincerarse hasta ese punto? —Mi pregunta tenía un matiz de cálida sorpresa.

—Claro. Y es que precisamente el objetivo de la asociación es ese, crear un vínculo lo suficientemente personal con ellas como para que se sientan con la confianza de poder recurrir a nosotros en caso de necesidad. Y para eso utilizamos la salud como excusa.

—Creo que no te sigo.

—La conversación, al margen de servirles de desahogo y como ofrecimiento de té y galletas, tiene como objetivo darnos a conocer como asociación como un lugar al que pueden ir en caso de necesitar asistencia sanitaria. La mayoría de las prostitutas ya nos conocen, porque llevamos muchos años trabajando aquí, pero siempre llegan nuevas chicas con las que es necesario hacerse conocer. Así que les damos folletos informativos, que tenemos en muchos idiomas, y les explicamos que pueden llamarnos siempre que lo necesiten.

—¿Para qué exactamente?

—La idea es que, si alguna de las prostitutas necesita ir al médico por lo que sea, desde una infección hasta una revisión dental, puede llamar a la asociación y nosotros nos encargamos de concertar una cita con el médico y de acompañarlas. Todo de manera gratuita, por supuesto.

—Cierto... que aquí la sanidad se paga.

—Un copago, sí. Pero para ellas supone un gasto que muchas veces no resulta prioritario.

Yo miré los cuatro garabatos en los que había intentado sintetizar lo que llevábamos de conversación. Volteé la página, para mirar la cara anterior, que tan ordenada había empezado con fecha y título en el encabezado, y entendí que nada de lo que había allí escrito me desaparecería con facilidad de la memoria.

—Eso es a lo que te referías con la esfera de la salud e intentar asegurar ese aspecto, ¿verdad?

—Eso es. Así al menos sabemos que estas personas tienen un *buen* estado de salud —añadió unas comillas con las manos, que evidenciaban que no se conseguían tantos logros como a ella le gustaría con su labor—. Pero en realidad hay algo más.

—¿A qué te refieres?

—La salud en el fondo es la excusa que utilizamos para acercarnos a ellas y comenzar a construir esa relación personal.

Yo fruncí el entrecejo a modo de pregunta y me eché para adelante en el asiento en un gesto automático que la invitase a hablar.

—La cita médica es una oportunidad estupenda, lejos de las miradas de los proxenetas y las presiones de la noche, para poder hablar de otros temas: para preguntarles acerca de cómo se encuentran en un plano más emocional, si están bien, si necesitan algo, si tienen algún tipo de problema... Es una situación idónea para trabajar en esa relación personal que te comentaba y hacerles ver que nos preocupamos verdaderamente por cómo se encuentren.

Yo asentí, mientras sentía cómo mi cabeza analizaba todo aquello intentando alcanzar una conclusión que aún no había llegado a materializar en palabras.

—Todo esto... para que salgan de la prostitución, imagino —dije, finalmente.

Ella suspiró.

—Sí. En el fondo esa es la idea. Es una labor de hormigas, como puedes ver. Aun así, no nos planteamos como objetivo sacarlas de la prostitución... —se corrigió antes de que hubiera entendido el porqué de su error—... animarlas a que salgan de la prostitución. —Ante mi falta de entendimiento, ella aclaró—. No hay que olvidar que son personas con capacidad de acción, y no princesas esperando a ser salvadas.

Yo sonreí por la comparación y porque estaba empezando a entender el enfoque que la asociación mantenía. A cada palabra que decía, me sentía un poco más cerca de la línea de acción que defendían.

—¿Por qué no os lo planteáis como objetivo?

Ella puso los ojos en blanco a la par que volvía a suspirar de nuevo.

—Porque es una utopía. La complejidad de la prostitución es inabarcable, como te decía. Es muy difícil para ellas salir de este mundo, ya no solo por las presiones que reciben, sino porque pasados los años, el único grupo social que tienen las prostitutas son otras prostitutas. Así que intentar «cambiar de trabajo» —dijo, remarcando con ironía las últimas palabras de su frase—. Tiene la dificultad añadida de tener que dejar atrás todo tu círculo de amigas.

Asentí con la cabeza, asimilando poco a poco el grado de dificultad que aquel mundo tenía. La variable «grupo social» había aparecido de pronto en el mapa que mi mente estaba comenzando a construir. Un concepto inadvertido ante los ojos de la que nunca ha visto. Jamás me había planteado la influencia que la palabra *amiga* podía tener en la palabra *prostituta*. La etiqueta de su *oficio* impregnaba en mi desconocimiento todos los rincones de su persona, agotando todo el espacio existente, eliminando la posibilidad de que cupiesen otros matices de su vida tan simples como ese.

Las prostitutas

también

tenían

amigas.

Sonreí interiormente ante mi falta de conocimiento. Ingenua ignorante, me dije.

—¿Y no habéis tenido nunca ningún problema con los proxenetas o algo así?

—Ninguno. La cuestión es que para ellos no suponemos ningún tipo de amenaza. ¿Sabes por qué? —Hizo una pausa que aproveché para negar levemente con la cabeza—. Porque consideran que lo que hacemos es mantener en buen estado su mercancía.

La mujer

convertida

en mercancía.

—Pero bueno, eso nos favorece en realidad. Ellos desconocen que trabajamos en colaboración con el resto de asociaciones y de la policía. En cierto sentido es positivo, porque así nos evitamos problemas.

Asentí por inercia sin capacidad de seguir haciendo preguntas. Había demasiada información que procesar por una mente que siempre se plantea dudas. El reloj de la habitación dio las ocho y entendí sin saberlo que aquella conversación estaba llegando a su fin. Cerré las tapas de mi cuaderno como sinónimo de despedida y cambié de postura en la silla con el objetivo de comenzar a levantarme.

—Hay dos últimas cosas que tienes que saber —dijo, antes de que lo hiciera.

—Dime.

—En primer lugar, que trabajamos desde una visión del «no juzgar». No juzgamos a las chicas por el *trabajo* que hacen, a pesar de las emociones que nos pueda despertar...

—Claro, por supuesto, solo faltaba... —interrumpí de manera automática.

—... ni tampoco juzgamos a los clientes.

Tragué saliva.

No fui capaz de decir nada.

—Te será difícil, ya te lo advierto.

—Bueno —dije, adelantando que aquel sería el factor con el que más me costaría lidiar—. Es todo cuestión de acostumbrarse.

Ella hizo caso omiso a mi respuesta y continuó con su discurso.

—Y, en segundo lugar, me gustaría enfatizar que somos una asociación laica. Te lo digo porque una de las prácticas por las que más nos llaman las prostitutas cuando necesitan ir al hospital es, precisamente, para interrumpir embarazos no deseados. Lo pongo en la mesa simplemente por si supone algún tipo de problema para ti.

Un eco de todas las conversaciones sin respuesta ni conclusión firme en las que Gloria y yo nos habíamos enzarzado durante los últimos años inundó mis oídos al escuchar la alusión al aborto. Me quedé atrapada allí, unos segundos. Negué levemente por toda respuesta.

—Bueno, pues por mi parte eso es todo. Si estás interesada, y me parece que sí que lo estás. —Yo asentí antes de que terminase de hablar, lo que contagió una sonrisa en su rostro—, te aviso cuando organicemos el próximo curso de formación, que empezará en un par de semanas.

Diciendo esto, se levantó de la mesa dando por finalizada la conversación, y extendió la mano por encima de la misma, en señal de despedida. Tras ello, me puse a recoger con rapidez la mochila que había dejado tirada por el suelo, y el abrigo, que había apoyado en el respaldo de mi asiento.

—¿Tú has participado en alguno de los dos proyectos? —interrumpí la conversación que había iniciado para rellenar el tiempo hasta que me fuera de la oficina.

—Sí, por supuesto. Estuve mucho tiempo participando en *l'Unità di Strada*, merece mucho la pena.

—Ah, ¿sí? —sonreí al ver que mi opción más probable tenía buena crítica—. ¿Y por qué lo dejaste?

Hizo un silencio antes de continuar. Se notaba que no quería responder a la pregunta.

—Digamos... —carraspeó antes de seguir—, digamos que me terminó afectando.

Dejé de recoger para mirarla mientras pedía con mi actitud que siguiera hablando.

—Llegó un punto en el que veía prostitutas por todas partes, me cruzaba con chicas durante el día que creía haber visto la noche anterior, pensaba todo el tiempo en las salidas, sentía una frustración e impotencia inmensas cuando pensaba en los clientes o cuando nos cruzábamos con alguno de ellos... Le llegué incluso a coger aversión al sexo. Me tocaba mi novio y me ponía nerviosa... Estuve bastante tiempo sin poder tener relaciones sexuales. Pero claro —dijo entonces, tras comprobar el efecto que sus palabras estaban teniendo en mí—, yo es que también tiendo a empatizar bastante.

La señal de alarma se iluminó en mi cabeza, pero la desplacé automáticamente a un segundo plano. No por falta de importancia, no se confundan, sino por carecer de recursos con los que atenderla. Estaba empleando todos los que tenía en retener y digerir toda la información recibida, por lo que las amenazas en potencia no se contemplaban como prioritarias. Aún con todo, un escalofrío me erizó el vello. Yo también pecaba de empática. Imágenes que aún no había visto se comenzaron a colar ante mis ojos, invisibles ante cualquiera que no fuera yo, interrumpiendo por momentos mi contacto con la realidad. En un esfuerzo, barrí todo aquello de mi campo de visión y regresé a la oficina en la que mi cuerpo permanecía de pie.

—Bueno, no quiero pintarte todo tan mal, ya verás cómo la experiencia te hace crecer mucho y te llevas un montón de cosas positivas de la asociación. Ya sabes que eso de que en un voluntariado solo se da es una mentira, ¿no?

—Sí, algo así tenía entendido.

—A mí incluso me gusta llevarlo un paso más allá y decir que siempre hay un motivo personal, una razón... *egoísta*, si quieres llamarlo así, que te lleva a participar en un voluntariado. Me gusta bastante provocar con el lenguaje, no sé si lo has notado. —Yo asentí, indicando que me había dado cuenta desde el mismo inicio de la conversación—. En realidad, me hace bastante gracia, porque el *voluntariado* y el *egoísmo* parecen desde la inexperiencia dos conceptos antagónicos y, sin embargo...

—Y sin embargo coexisten —interrumpí entonces—. Como *Erasmus* y *Albacete*.

Compartimos una última carcajada.

Nos despedimos,

acordando escribirnos.

Y yo me marché, de vuelta a casa.

3

FELICIDAD

A la chica que protagoniza estas líneas no la conocí en la *Unità di Strada*.

Sucedió en diciembre. Yo acababa de completar el curso de formación y me debatía, en uno de estos dilemas innecesarios que a veces me plantea la vida, sobre el modo en el que quería colaborar con la asociación. Mimosa contaba con dos perfiles: la *Casa di Accoglienza,* para menores con problemas de muy diversa índole, y la *Unità di Strada,* por la cual me terminé decantando. Si tildo el debate de innecesario es porque, en el fondo, siempre supe que quería trabajar con prostitutas. Aquel era, en realidad, el motivo último por el que había contactado con aquella asociación. Por aquel entonces, sin embargo, el curso de formación había sembrado en mí algunas dudas y mi incapacidad para tomar decisiones, sin haber antes valorado todas las opciones posibles me impedía entender mi deseo con claridad, así que viraba entre ambas ideas, atrapada en un vals continuo del que no sabía cómo bajarme.

No me juzguen. Sé que es un defecto. Una *habilidad*, si me permiten llamarlo así, que transforma cualquier toma de decisiones en un proceso de longitud infinita. Siempre que me encuentro en un cruce de caminos las consecuencias de cada opción se despliegan en mi mente, como una tela de araña, y hasta que no exploro cada una de las aristas de la misma no me siento con la potestad de decidir nada. Lo malo es que en ocasiones me es imposible no perderme y sentir que la red de arácnido me rodea transformada en lúgubre laberinto. Lo bueno, que cuando por fin me decido y emerjo del mar de tinieblas que crean las dudas, me manejo en términos de certezas, con la ilusión ingenua de quien cree saber que prosigue el camino por la senda adecuada.

Sea como fuere, el caso es que durante aquel mes de diciembre colaboré durante varias semanas con la *Casa di Accoglienza.*

—¡Hombre! ¡Otra española! Al final terminaremos siendo más españoles que italianos, ya verás. Siéntate aquí, que termino un par de correos y en seguida estoy contigo.

Nuria llevaba siete años en contacto con la asociación y tres siendo la coordinadora de la *Casa de Accoglienza.* Nacida en Cataluña, había estudiado Biotecnología, un máster en Biomedicina y había comenzado un doctorado. Un día, sin embargo, se cansó de la falta de contacto humano y decidió dar un giro de 180 grados a su vida. Terminó en Padova gracias al Servicio de Voluntariado Europeo, y un golpe de suerte transformó su pasión en un puesto de trabajo. El sentido que le daba al mismo y el cariño que había cogido a su rutina en la ciudad le hizo querer permanecer en la misma hasta la actualidad.

—¿Desde cuándo llevas aquí, entonces?

—Desde principios de julio, más o menos.

—Casi seis meses, entonces... ¿Y cómo diste con nosotros?

—Bueno... —carraspeé—, quería colaborar con algún proyecto de voluntariado, así que fui al Centro de Voluntariado de Padova para informarme, en zona Portello, y allí me dieron una lista de todos los centros que había en la ciudad.

Ella asintió, atenta.

—El chico que te atendió... —preguntó entonces—. ¿Cómo se llamaba? —Yo fruncí el entrecejo, intentando recordar. Ella entendió mi gesto—. ¿Mario, quizás?

—Sí, sí, justo.

A ella se le iluminó el rostro en una media sonrisa que no pudo disimular. No hacía falta saber mucho para leer el brillo que tenían sus ojos.

—Es que colabora también con nosotros. Es uno de nuestros voluntarios más antiguos.

«Y algo más, ¿no?», recuerdo que pensé, sonriendo internamente.

—¿Y a qué te dedicas? ¿Qué te ha traído a Padova? —dijo ella, cambiando de tema.

—Estoy terminando el máster. Estoy aquí realizando unas prácticas en la universidad y escribiendo mi Trabajo de Fin de Máster.

—¿Máster en qué?

—Neurociencia.

Ella abrió los ojos, alzó las cejas y ladeó la cabeza, en señal de respeto. Por aquel entonces había encontrado un placer oculto en provocar reacciones a la gente como consecuencia de mi profesión. Cuando me preguntaban qué había estudiado, elegía indistintamente responder con mi carrera, Psicología, o con mi máster, Neurociencia. El primero provocaba un gesto que, a falta de una palabra mejor, definía como paternalista: una combinación entre «qué monada» y «a mí leer la mente siempre me ha interesado» que evidenciaba una falta de conocimiento propia del que habla cómodamente desde los estereotipos. El segundo, por el contrario, inspiraba una mezcla de temor y respeto, y automáticamente me convertían a sus ojos en alguien con cerebro. A mí me divertía ver cómo la impresión sobre un mismo hecho, en este caso mi persona, podía diferir tanto en función tan solo de cuál de los dos aspectos quisieras descubrir. Ambos pertenecientes a mi vida profesional y ambos igualmente ciertos. El ser humano y su manía de vivir en lo simplificado.

—Suena difícil.

—Trabajar con prostitutas lo es más, estoy segura.

En aquel momento la puerta se abrió sin aviso, y un adolescente de origen albanés entró de golpe en la sala donde estábamos. Se dirigió directamente a Nuria, sin reparar siquiera en mi presencia.

—¿A que puedo coger ya el móvil? ¿A que ya puedo? Díselo a Fede, porque es que no me hace caso. —Sus palabras se atropellaban, presas más de la impaciencia que del enfado.

La educadora alzó la mano, haciéndole ver que tenía que reducir velocidad y callarse.

—Vamos a ver Afrim, ¿se puede entrar así en una habitación? —Era tajante pero no borde—. ¿Te das cuenta de que estábamos hablando, con la puerta cerrada, y nos has interrumpido?

—Lo siento, pero...

—Vamos a empezar de cero —le interrumpió—. Mira, te presento a la nueva voluntaria. Es también española y acaba de empezar con nosotros.

Nuria dirigió una mano hacia el sofá en el que estaba sentada y Afrim siguió el gesto, reparando por primera vez en mi presencia. Yo me levanté, preparé mi sonrisa más cálida, y le extendí la mano en señal italiana de saludo.

—Muy buenas, encantada.

Los segundos de más que tardó en reaccionar, la radiografía mal disimulada que me hizo y el aire bobalicón que se le había depositado en el rostro puso en evidencia que las hormonas y la adolescencia caminan, durante los años que dura la segunda, dándose la mano.

—*Ciao* —me dijo, sin disimular su gesto.

Nuria dejó escapar una carcajada, consciente de la escena.

—Bueno, Afrim. Si te parece hablamos luego, que tengo que terminar con nuestra nueva compañera, ¿vale?

Por toda respuesta él asintió y se dirigió a la puerta. Sin necesidad de que ninguna de las dos le dijera nada, se dispuso a cerrarla, para evitar que nada ni nadie volviera a molestarnos. Antes de que su imagen desapareciera, sepultada al otro lado de la madera, me dedicó una última mirada y alzó las cejas en señal de despedida. Finalmente cerró la puerta.

—Adolescencia en estado puro —me dijo Nuria, riendo de nuevo.

* * * * * * * *

Fue así como comenzamos a hablar de los ocho residentes que tenía por aquel entonces la *Casa di Accoglienza:* tres chicas y cinco chicos. La asociación Mimosa era famosa por el carácter mixto que poseía su residencia y que se expresaba no solo en la inclusión de chicos y chicas, sino también en la convivencia de jóvenes que tenían historias totalmente diversas. Y, difícil o no, funcionaba.

Más allá de la minoría de edad que todos los residentes tenían, no contaban apenas con cosas en común. Nacionalidades diversas, lenguas diversas, costumbres diversas, historias diversas. Motivos diversos que habían traído a cada uno de ellos al interior de aquella casa de acogida que, pese a todo, convivían.

Nuria me fue contando una a una cada una de sus vidas. No se perdía en detalles innecesarios, pero me daba toda la información que, según consideraba, era relevante para mi trato con ellos.

—Da igual que estés en periodo de prueba y que aún estés indecisa entre los dos proyectos. Cuanto más sepas de ambos, mejor.

Así es como supe que dos de las chicas habían *trabajado* durante varios meses en la calle hasta que alguien había reparado en su minoría de edad. *Trabajar* en la calle siendo menor de edad. *Trabajar*. En la calle. Siendo menor de edad. ¿Lo entienden? Dos de las chicas, con menos de dieciocho, habían practicado sexo a clientes que prefirieron mirar hacia otro lado en lugar de enfrentarse a la cara de niña que sus rostros tenían. La ignorancia consciente te convierte en cómplice del crimen.

Una de ellas, que llevaba en la residencia casi un año, tenía un hijo en Nigeria del que no quería saber nada y que crecía cuidado por sus abuelos. Su familia la había vendido hacía tiempo a una red de tráfico, conscientes de cuál sería su futuro, pero empujados por la necesidad y la falta de recursos. Mensualmente la llamaban, siempre a disgusto y con enfado, quejándose y presionándola para que enviase más dinero. Gracias a la asociación había encontrado un trabajo como camarera (real). Llevaba en él quince días y tenía ya problemas de horario. La otra chica, de ojos temerosos y mirada perdida, negaba fervientemente haberse prostituido nunca, a pesar de que un policía la había encontrado en la calle, sola, a altas horas de la madrugada, con un par de preservativos en la mano. Aún no hablaba nada de italiano.

Los chicos, por su parte, habían cometido todos ellos delitos menores, menos uno que figuraba como «menor no acompañado» y cuya tutoría legal por tanto residía ahora en el Estado. En su mayoría se trataba de pequeños robos y venta de marihuana entre los amigos. Cumplían sentencia dentro de aquellas paredes por no contar todavía con más de dieciocho años.

—Y Afrim... bueno. Afrim es en realidad el más liante de todos, aunque le hayas visto con cara de cordero degollado. Está aquí cumpliendo sentencia, es el que viene de un contexto familiar y social más complicado. Dentro de unos meses entrará en la mayoría de edad y tiene concertado un juicio en el que, a no ser que ocurra un milagro, le van a caer al menos seis meses de cárcel. Es una pena. Él todavía no sabe nada de todo esto. Pero claro... a día de hoy es aún incapaz de admitir lo que hizo o mostrar cualquier tipo de seña de arrepentimiento, y así es difícil trabajar con él.

—¿Qué... qué es lo que hizo? —preguntó mi curiosidad por mí.

—¿Afrim? Tráfico de drogas duras en la puerta de un colegio. Y luego tiene alguna pelea de la que ha formado parte y tal... Pero bueno, eso es lo de menos —se interrumpió a sí misma—. Tú no te centres en los motivos por los que están aquí, es mejor que los veas solo como adolescentes, que al fin y al cabo es lo que son.

Ella revisó sus notas, intentando asegurarse de que me había contado todo lo necesario, pasando las distintas hojas y leyendo por encima para ver si se había dejado algo fuera.

—Creo que ya está todo... —Antes de que terminase la frase, se interrumpió a sí misma mientras se le dibujaba una sonrisa involuntaria en los labios—. ¡Cierto! ¿Cómo me he podido olvidar de ella? ¡Si es un amor de persona! ¡Si es felicidad en estado puro! Está mal que lo diga porque no está bien tener favoritos, pero esta chica... —Y dejó inacabada la frase sin atreverse a encerrar en palabras el cariño que sentía por ella.

Fue así como escuché por primera su nombre.

Llegados a este punto, he de advertirles que la historia tendrá lagunas. No por falta de información, no me malinterpreten, sino más bien por carecer de la imaginación necesaria. Dado que su realidad dista tanto de aquella a la que me enfrento en mi día a día, soy incapaz de hilar, con detalles de mi propia cosecha, los trozos de vida que aquel día me contaron de ella. Desconozco motivos, razones, tiempos, pensamientos, sensaciones. Por ello me he prometido limitarme a relatar solo aquello que tengo como certeza y librar el texto de todo intento por mi parte de introducir cómo creo que se sintió, o qué es lo que creo que pensó, en un momento concreto. Decir que puedo imaginarlo o que llego a empatizar con ella sería convencerse de una burda mentira. Es mejor limitarse a lo que se sabe, que intentar redondear una historia perdiéndose en un mar de humo y tiniebla.

* * * * * * * * *

Sé que abandonó Nigeria en compañía de su padre, y por eso figura en el registro de la asociación como «menor no acompañada» y no como víctima de tráfico. Por el tono con el que la educadora acompañó estas palabras, entendí que ella estaba en desacuerdo con aquella categorización, y por la mueca que se formó en su rostro entendí que no podía hacer nada por modificarlo.

Desconozco los motivos que empujan a nadie fuera de su propia patria. De su propia patria, de su propia ciudad, de sus propias calles, de su propia gente. Desconozco los motivos, aunque entienda que distan mucho de ser positivos. Desconozco las razones que te llevan a abandonar un presente seguro en búsqueda de un futuro incierto. Aunque quizás sea eso, ¿no? Entender tu presente como seguro al mismo tiempo que lo experimentas como inhabitable. Desconozco cuán inhabitable tienes que sentir tu presente para querer convertir en pasado lo malo conocido y abandonar tu suerte a lo bueno por conocer.

Desconozco cuánto de malo tiene que ser lo conocido para depositar tu suerte, esperanzas y vida en lo bueno por conocer.

Para depositar tus esperanzas,

y las de tu hija,

en lo bueno por conocer.

De su padre conozco poco menos que nada. Apenas el esbozo de un recuerdo, apenas un contorno indefinido, condensado en palabras por la que un día fue su hija. En realidad, de su padre tan solo sé que era padre. Y que fue por él por el que, según dice ella, está a día de hoy en Italia. Que fue él el que compró los billetes, el que hizo que emprendieran el viaje, el que los llevó a montarse en aquella barca. Desconozco cómo fue todo aquel proceso, los sacrificios que tuvieron que realizar para conseguir ese dinero, cómo fue la última vez que miraron las calles de la ciudad (o pueblo, o aldea) en la que se había desarrollado su vida. Por desconocer, desconozco incluso el color de su alma. Mi mente acomodada me lleva a pensar que se metió en aquella empresa por salvar el futuro de su hija, y esa es la versión en la que a día de hoy permanezco, pero quién sabe si la realidad es más oscura, más ligada a la compra-venta de una joven en edad de poder enviar dinero a su casa. No sería el primero en el mundo. Y tristemente no sería el último.

El caso es que un día, padre e hija emprendieron aquel viaje, abandonando así su hogar y poniendo rumbo al horizonte, con Europa como única indicación para guiar su suerte. Se lanzaron así a cruzar el Mediterráneo, un mar lo suficientemente pequeño como para recibir el nombre de océano, pero lo suficientemente grande como para ahogar vidas y sueños. No sé cuántos días duró el viaje. No sé si pasaron frío, sed, calor o hambre. Cierto es que desconozco tanto la apariencia física de la misma como el número de pasajeros con el que compartieron travesía, pero las noticias que te llegan a través de la radio y del periódico ayudan a añadir a la escena algo más de contexto. Imágenes de cuerpos hacinados en un espacio en el que es físicamente imposible añadir siquiera una sombra me golpean la retina. Imágenes de un sufrimiento aplastado en el que la queja no entra por ser compartida. Imágenes que me cuestan atrapar en el pasado de aquella chica.

Y, como tantas otras antes, su embarcación sufrió un naufragio.

Un naufragio.

La protagonista de estas líneas sufrió un naufragio.

Me van a permitir que abandone todo intento posible de descripción. Su realidad, de lejana, me es casi invisible. Ignoro cómo ha de ser caer en el agua cuando atraviesas el Mediterráneo en una barca. Ignoro cómo de frío debes de sentir su abrazo cuando no te metes por refrescarte, sino empujado violentamente por las circunstancias de tu vida. Ignoro cómo ha de ser nadar cuando la angustia ahoga, cuando las olas golpean. Cierro los ojos, intentando imaginarme la escena, intentado visualizar la barca hundiéndose, la gente cayendo al mar, la desesperación en los gritos manchados de agua salada.

Abro los ojos.

Oteo el horizonte, pero no veo nada.

Camino por la arena, me descalzo, me remango los pantalones y en dos pasos estoy en el agua. Miro en silencio. Escucho en silencio. Las olas, que rompen, amables contra la playa. Mi mente se esfuerza por distinguir el eco de gritos mudos que a mis oídos no llegan. Cierro los ojos. Intento sentir la humedad del agua cuando quema, el peso del océano cuando te rodea, la angustia del que nada por mantenerse vivo. Por mantenerse a flote. La angustia del que entiende que cansarse es rendirse a la muerte. Abro los ojos. Miro al horizonte. No veo nada. Las olas que siguen rompiendo, amables, contra la playa.

Me agacho. Sumerjo mis manos y las levanto. Intento retenerla, pero el agua salada se me escapa entre los dedos. Observo y giro mis manos, para contemplar palma y dorso por un momento. Clavo la mirada en la masa azul que se despliega ante mis ojos.

—Cómo entenderte como asesino si tan solo conozco tu rostro de vacaciones —le digo.

Intento coger agua de nuevo.

La realidad se me escapa.

Un naufragio.

Imposible entenderlo o empatizar con ello.

Un naufragio.

Nuestra joven protagonista sufrió un naufragio.

Y por obra de Dios, del azar, o del conjunto de absurdas casualidades al que algunos bautizan como destino, consiguió salvarse.

*****

Pisó Italia por primera vez en Sicilia. Allí estuvo un tiempo indefinido, en un centro de acogida al que llevan a los inmigrantes que consiguen llegar a la costa. El informe del registro dice que estaba desorientada y que pasó varios días en un estado de salud muy débil, en esa tenue frontera que separa a los muertos de los que siguen vivos. Ella dice que buscaba a su padre.

Desconozco cómo fue aquella búsqueda, pero imagino que, de ser algo, tuvo que ser desesperada. Cargada del agobio que te invade cuando te descubres lejos y sola. Cuando te descubres en un país cuya lengua no hablas. Cuyas costumbres no entiendes. Cuya gente no te entiende. Y lejos. Y sola. Cuando te enfrentas a una realidad en la que te habías imaginado acompañada. Cuando no encuentras la única constante que ibas a poder mantener entre tu antigua y nueva vida. Cuando pierdes a tu padre.

El naufragio y su posterior desaparición hace difícil que figure aún entre los vivos. Pero ella, incapaz de procesar un mundo en el que su padre no existiera, se entregó por completo a su búsqueda, aferrándose a ella con la angustia propia del que se agarra a la última esperanza. La imagino moviéndose de un lado a otro, preguntando a unos y a otros, buscando un rostro conocido entre las caras de la gente que la rodeaba, dentro y fuera del centro en el que vivía. Imagino que en poco tiempo su historia fue conocida, que la miraban con la compasión que se dedica al que sufre, pero sin la fuerza suficiente como para quebrar la motivación que la joven tenía.

Y en aquella situación, apareció El Hombre Con Respuestas.

—Ven conmigo. Yo sé dónde se encuentra tu padre.

Y ella, presa de una desesperación ciega, le siguió.

* * * * *

Siempre me he resistido a creer en la existencia del mal. Enamorada del ser humano como lo estoy, me gusta pensar que este es, por naturaleza, bondadoso, y que la maldad, en el sentido más puro de la palabra, sencillamente no existe. Por fortuna, la versión tenue del mismo, el que puede encontrarse si se escarba en una vida buena, como la que me ha tocado vivir a mí, puede explicarse fácilmente aludiendo al egoísmo. Al egoísmo, a la individualidad, al vivir centrado en uno mismo. Mi mente buscaba la ignorancia siempre que se encontraba con cualquier gesto que tuviera consecuencias negativas sobre alguien haciendo ver que, de carecer de ella, la conducta del individuo hubiera sido, sin lugar a dudas, otra. Porque de saber las consecuencias, me decía, la conducta habría sido, necesariamente, otra.

Este hombre, sin saberlo ni conocerme, tumbó de un golpe aquella idea.

El mal que se encerraba en su cuerpo poseía tal magnitud que derribó automáticamente aquella visión, quebrando de un pinchazo la burbuja en la que me protegía de la crueldad del mundo.

Existe gente mala y miserable.

—Ven conmigo. Yo sé dónde se encuentra —le dijo, con voz de lobo.

Y ella, ingenua, movida por la promesa de ver de nuevo a su padre, le habría seguido hasta el fin del mundo.

Así fue como abandonó el campo de acogida al que el naufragio le había llevado. Como nadie en el fondo la conocía, se marchó sin despedirse de nadie, y se metió con El Hombre Con Respuestas en un medio de transporte hasta entonces desconocido.

—Ella se refiere a este como un coche «largo, largo, largo, el más largo que había visto nunca», así que nosotros hemos entendido que se trataba de un tren.

Y llegó así a una ciudad cuyo nombre desconocía y cuya memoria no recuerda.

—Por el recorrido que suele hacer el tráfico, pensamos que debe de tratarse de alguna ciudad del centro de Italia, pero podrían también haberse quedado en algún pueblo del sur... *chissà*.

Imagino que en algún momento abrió los ojos a la mentira en la que la habían atrapado.

Ella dice que la llevaron a una casa en la que también vivían otras chicas, todas ellas de edades similares a la suya, con un origen similar al suyo, pero con la mirada quebrada y el frío instalado en sus ojos. Dice que por las noches salían, dejándola sola en aquellas cuatro paredes, y que no volvían hasta altas horas de la madrugada, cuando ella con suerte ya tenía los ojos cerrados, aunque no durmiese. Me pregunto cómo transcurría las horas, cómo mataba el tiempo, cómo hacía que las agujas del reloj avanzasen. Dice también que, en un momento determinado, una de ellas se cansó de su aire de permanente ingenuidad y su mirada inocente y le contó, con pelos y señales, a qué se dedicaban cuando el sol caía.

—Y es lo que tú estarás haciendo en cuanto consideren que estás preparada para salir a la calle.

Ignoro cómo fue el modo en el que el conocimiento de su situación le golpeó, pero me gusta pensar que tan pronto como entendió el punto en el que se encontraba decidió que aquel no sería su futuro. Ella dice que pasaron aún varios días hasta que la obligaron a salir con sus compañeras. Me pregunto si durante aquel tiempo algún hombre le puso la mano encima, aunque me gusta pensar, en un intento de egoísmo ingenuo, que nadie nunca llegó a hacerlo.

Entendió que se encontraba en una situación crítica así que, aquella primera noche, y tan pronto como pisó la calle y se descubrió sin ojos encima, decidió escaparse. Por fortuna, tuvo éxito. Me pregunto qué habría pasado en caso de que la hubieran pillado.

* * * * * *

La historia llega así al punto que hace coincidir su vida con nuestro presente. Decidida a continuar otra vez con la empresa que la había llevado a seguir a El Hombre Con Respuestas, se entregó de nuevo a la búsqueda de su padre. Así pues, siguiendo la lógica ingenua que solo aquellos que aún tienen alma de niño poseen, se montó de nuevo en aquel coche «largo, largo» suponiendo que así regresaría al punto de inicio.

—Pero obviamente no acabó en Sicilia, sino en un lugar totalmente nuevo, en Verona. Allí la encontró un policía que, al verla sin documentación y con su cara de niña, la recogió en su coche. Y tras una serie de papeleos y procesos administrativos, llegó aquí, a Mimosa. Y menos mal que ha llegado. Menudo encanto, no te haces una idea: siempre dispuesta a ayudar, siempre con ganas de aprender italiano, siempre dándote las gracias, siempre con esa sonrisa blanca pintada en el rostro... Da gusto trabajar con ella. Lo único de lo que no le gusta hablar es de su padre, yo creo que en el fondo sigue queriendo creer que está vivo, pero es solo la impresión que me da, ya juzgarás por ti misma.

Nuria dio así por finalizado el relato de su vida. Yo seguía atrapada en sus palabras, en la dureza tan incomprensible y lejana que cosía su pasado, en aquellos golpes de suerte en una historia de desgracia infinita. En el mundo hipotético y condicional del «y qué habría pasado si...» que la imaginaban presa de las noches en la calle. En los clientes que habría tenido. En los clientes que la habrían follado sin ningún tipo de intención de aproximación a su vida. Optando por no saber. Ignorando conscientes su historia. Indiferentes a su cara de niña. Ignorantes conscientes de su cara de niña.

No querer saber debería ser también un crimen.

—¿Se sabe algo del hombre que la engañó? —Oí que mi voz preguntaba, interrumpiendo mis pensamientos.

—Es imposible dar con él... Las descripciones que da son demasiado vagas y por no saber no sabemos ni la ciudad en la que estuvo aquellas semanas —añadió con un tinte de tristeza—. Nuestra capacidad de ataque es limitada.

La puerta se abrió entonces y un hombre de ojos claros que superaba los treinta y cinco apareció en la rendija entreabierta. Llevaba un pañuelo en el cuello, el pelo ligeramente engominado y la risa contenida en el gesto. Luego supe que se llamaba Fede.

—¿Qué le habéis hecho a Afrim? —dijo, con gesto travieso y mirada amable—. Va diciendo por ahí que ha conocido a un ángel.

* * * * * *

Salí de la habitación acompañada por Fede. Me sujetó la puerta, con ese gesto de caballerosidad que tan italiano me resultaba. Se había ofrecido a presentarme a los ocho chavales para que pudiera ponerles cara y relacionase cada historia con su persona.

—No te preocupes por el idioma —me había respondido, ante las dudas por mi fluidez en italiano—. Si aquí somos todos multiculturales.

Me despedí de Nuria con un gesto desde la distancia y bajé con Fede a la sala de estar de la planta baja. Dos de ellos colocaban los cubiertos sobre la mesa para la cena. El resto esperaba, charlando en un sofá.

No necesité ninguna indicación para entender quién era ella.

Lo cierto es que permanecí poco tiempo en la *Casa di Accoglienza*, porque las Navidades en España me sirvieron para convencerme de que colaboraría con la *Unità di Strada,* pero durante las noches que compartimos bajo aquel techo, su rostro amable y su sonrisa blanca constituyeron el mayor punto de apoyo en aquella casa.

Fue ella la que me ayudó a colocar los cacharros tras la cena en mi primera noche, a pesar de que su turno era otro, la que fregó la mitad de los platos, la que me pidió que le hablara en italiano en lugar de en inglés porque quería aprender la lengua cuanto antes. Fue ella la que se despidió de mí con un abrazo cuando me marché a casa aquella noche y la que me pintó las uñas del esmalte que le acababan de comprar porque era «molto molto bello».

Y fue ella la que me indicó qué hacer el día que su compañera de cuarto volvió del trabajo llorando. Llevaba un par de semanas trabajando como camarera a quince minutos de la asociación. Llegó dando portazos, visiblemente enfadada, y con lágrimas de rabia empañándole los ojos. Yo miré la escena desde la perplejidad del novato. Sabía que tenía que intentar animarla y averiguar qué había pasado, pero rechazaba cualquier tipo de acercamiento. Era mi segundo día.

Fue ella la que se vino a mi lado, a observar la situación desde el silencio y desde el deseo de ayuda. Fue ella la que se me acercó al oído y me susurró en su italiano:

—Le gusta la música.

Fue ella la que escogió canción, la que me empujó a su cuarto y la que se puso a hacer el tonto conmigo para intentar sacarla de su enfado. Fue ella la que la cogió de la mano y consiguió que se uniera a nuestro baile improvisado, y fue ella la que le acarició el brazo ante su «yo en esta ciudad no he estado nunca en la calle, así que no entiendo por qué un extraño del parque se ve con el derecho de tocarme el culo»; una frase que me dejó sin respuesta ni consuelo y que aún tengo tatuada en la memoria.

Todo aquello era aún futuro. En aquel momento yo seguía, nerviosa, en la sala de estar de la planta baja.

—*Ragazzi* —dijo Fede, para llamar su atención—, tengo una amiga que está deseando conoceros. Es española y no sabe aún si se quedará con nosotros o se marchará a la *Unitá di Strada,* así que tenéis que tratarla muy bien para convencerla.

Noté cómo sus ojos se clavaban, curiosos, en la nueva. Afrim me dedicó un sonoro *Ciao* desde el otro lado de la sala mientras que el resto permanecía en su sitio, en silencio. Una de las chicas que estaba sentada en el sofá se levantó y se acercó a donde nos encontrábamos. Yo sabía quién era antes de que Fede dijera nada.

—Mira, esta es la nueva voluntaria. —Y dirigiéndose a mí, me dijo—: españolita, te presento a Happy.

Ella me sonrió abiertamente y, sin conocerme, me dio un abrazo de bienvenida que aún tengo enredado en la piel.

Happy.

La ironía y el contraste entre su vida y su sonrisa. Entre su vida y su nombre. La coherencia mantenida entre su nombre y su sonrisa.

Happy.

Tenía tan solo dieciséis años.

4
NOMBRES

Faith
Success
Favour
Smile
Joy
Freedom
Happy

Nombres de algunas de las jóvenes con las que he tenido la oportunidad de hablar durante este tiempo.

5

CIAOBUONASERA

—*Ciao buonaseraaaa!*

La miro a los ojos. Grandes, oscuros, de mirada intensa. Su cabello, escondido bajo una peluca de pelo liso y corto. Su rostro, de facciones dulces. Dos aros desproporcionadamente grandes cuelgan de sus orejas. Un bolso, desproporcionadamente rosa, se posa, ligero, sobre su antebrazo. Busca cautivar miradas más que guardar nada. El móvil lo lleva pegado al cuerpo, sujeto por una de las tiras del sostén. «El otro día me robaron el bolso». Mi memoria recupera fragmentos de conversación de otras salidas. «¿Qué dices? ¿Qué te quitaron? ¿Llevabas el pasaporte dentro?». Dejo de estar ahí, por un momento. «¿Pero tú me ves cara de tonta? Por el amor de Dios, nadie guarda nada de valor en el bolso. Te lo roban con demasiada facilidad». Robar a los pobres como signo absoluto de miseria.

No supera los veintidós años. En dos pasos de punta-tacón se aproxima a nuestro lado. Mira un instante hacia abajo antes de dar el primer paso. Punta - tacón. Punta - tacón. Punta - tacón. Punta - tacón. La habilidad ignorada de andar en tacón de aguja en una acera mal asfaltada.

Su mirada se detiene en el termo con té que sujeto entre las manos. Sonrío, por inercia. La *Operatrice* ha comenzado ya el discurso. La nigeriana me devuelve, en acto reflejo, el gesto.

—¿Qué tal? ¿Cómo va la noche? Hoy no hace mucho frío, ¿no?

La *Operatrice* extiende el brazo, ofreciéndome un vaso de plástico. Comienzo a servir el té, con mi concentración habitual para evitar derramar nada. La nigeriana contesta con monosílabos, sin perder el gesto amable de la cara.

—¿Conoces nuestra asociación? ¿Habías visto este coche antes? —Y extendiendo la mano señala la furgoneta naranja de la que nos hemos bajado, a escasos veinte metros del lugar en el que estamos.

La nigeriana sigue la dirección del dedo. La dubitación en su gesto nos hace desconfiar, a pesar de la afirmación en su respuesta. La *Operatrice* y yo nos miramos, interrogándonos con los ojos. Le pregunto mentalmente si es necesario sacar un panfleto informativo mientras mi mano se desliza sin consultarme al interior de mi bolso. La nigeriana interrumpe entonces nuestra conversación sin palabras, eliminando en una frase cualquier atisbo de duda.

—Oye, ¿no repartíais también galletas?

Sonreímos y asentimos de manera sincronizada. Me ausento un segundo, de vuelta a la *macchina.* La tierna afición que tienen por las galletas las nigerianas.

Para cuando vuelvo, otra prostituta se ha añadido también a nuestra conversación. Su peluca, de cabello largo y ondulado. El color, de un rubio más falso que los orgasmos que fingirá, me hace sorprenderme, una vez más, de la antinaturalidad de los gustos que tienen los clientes. Sus facciones son menos suaves, más abruptas, más severas. Una camiseta ajustada pone en relieve su pecho.

Me incorporo a mitad de la conversación.

—Hay demasiadas chicas últimamente... y claro, si la clientela es la misma, tú me dirás...

—Ya... siempre pasa. En esta época, cuando el calor llega, siempre hay más oferta... pero también más demanda, ¿no?

—No, no te creas... No hay casi clientes últimamente... Es difícil ganar dinero así.

La eterna queja por la falta de clientes.

Un hombre, mayor, vestido de blanco, que monta en bicicleta, cruza la calle a pocos metros de nuestro pequeño grupo. Reduce la velocidad, al pasarnos cerca. Nos mira, curioso, inquisitivo, invasivo. Me giro a ellas, preguntando con los ojos sobre la posible identidad de cliente del mismo. Continúan hablando, ignorándolo. Dado el sexto sentido que tienen para detectar fuentes potenciales de dinero, entiendo que no lo es.

—Sí, eso es verdad. Ahora con este tiempo al menos no pasamos frío. Me gusta tu cazadora, por cierto. ¿De dónde es?

Un sonido de *walkie-talkie* que no esperaba interrumpe la conversación. Busco su origen con un movimiento imperceptible de ojos, sorprendida. Reparo entonces en que la segunda nigeriana tiene, colgado de un tirante de su blusa, uno de estos dispositivos, similar a aquellos con los que jugaba con mi hermano cuando tenía algo menos de doce años. Ella lo ignora completamente, y sigue hablando. La duda no preguntada de quién está al otro lado de la línea. La certeza de quien no sabe la respuesta, pero tristemente la sospecha.

—Bueno, chicas, os dejamos, que tenemos que seguir con la noche.

—Ay, ¿me puedes dar un poco más de té?

Pregunto a la *Operatrice* con un gesto mientras ella asiente, fingiendo hacerles un favor.

—Bueno, bueno, pero solo un poco que luego sino no queda para mí —añade mientras me indica, en un susurro, que llene el vaso hasta el borde. La nigeriana sonríe con cara de niña.

Nos despedimos con un gesto de manos y caminamos hacia la furgoneta naranja, que espera con el motor encendido. Tras mi habitual incapacidad para abrir la puerta corredera trasera con una mano, me siento en el coche y comienzo a desabrocharme la cazadora.

Algo pasa entonces.

Paro, al escuchar un golpe.

Me giro sin entender qué ocurre.

Antes de que el coche haya arrancado, un ruido que no identifico nos interrumpe. «*Cosa?*» oigo que murmura el conductor. Entiende tan poco como yo. La *Operatrice* se gira, sin comprender qué sucede. Yo miro a los lados, pero veo poco sin las gafas. Es uno de esos momentos eternos que es encierran en menos de medio segundo. «Hay otra chica, hay otra chica». ¿Cómo? ¿Qué ocurre? No entiendo nada. «¡Para el coche! ¡Para el coche! ¡Hay otra chica!». La Otra Voluntaria parece más avispada.

Una tercera prostituta da golpes contra la ventanilla para llamar nuestra atención.

—¡¡Eh!! ¡¡No os vayáis!! ¡¡Yo también!!

Soy la última en entender qué pasa. Mi cuerpo, por fortuna, reacciona antes que yo y se prepara para salir de nuevo.

—Oh, Dios, nos dejábamos a una —susurra la *Operatrice.*

—¿Te has fijado? —La Otra Voluntaria, que es más capaz de prestar atención a los detalles que yo, comparte conmigo algo que sabe que yo no he notado una vez que hemos vuelto—. Ha cruzado desde la otra acera para alcanzarnos.

Alzo la mirada para comprobar que ha atravesado cuatro carriles para llegar a tiempo. La habilidad ignorada de correr en tacón de aguja en una carretera mal asfaltada. La tierna afición que tienen por las galletas las nigerianas.

El coche se pone de nuevo en marcha, buscando atentamente la siguiente parada.

En menos de treinta segundos adelantamos, por la izquierda, al hombre mayor de blanco que monta en bicicleta.

* * * * * *

—*Ciao buonaseraaaa!*

Lleva veinticinco días en Padova y dos años y medio *trabajando* en Italia. Es búlgara, un metro setenta, viste elegante, lleva una blusa con lentejuelas. Tiene el cabello recogido en un moño del que se le escapan mechones de pelo. No tiene bolso. Tiene ganas de hablar. No tiene más de veinticuatro años.

—No, no he visto la furgoneta nunca.

Le preparo el té. No quiere galletas.

—¿Ah sí? ¿O sea que si necesito ir al médico os llamo? ¿Pero es gratis? ¿Seguro que es gratis? Porque me han dicho que si vas al médico aquí te hacen pagar... Ah, ¿si voy con vosotros no?

Saco uno de los panfletos informativos. Elijo el que está en italiano, porque domina a la perfección el idioma y porque me he dejado en el coche los que están en su lengua materna.

—No, por lo demás bien. —Asiente, convencida—. Ahora estoy con problemas del piso, lo único, a ver si encuentro algo... Porque claro, es difícil que te alquilen un apartamento... como esto no es un trabajo... —añade mientras señala con su mano derecha, la que no sostiene el té, la acera para reafirmar la frase. Se encoje de hombros. Se aproxima el vaso a la boca, más por cambiar de conversación que por querer beber.

—*Ciaaaao!!*

Una nigeriana en falda nos saluda, mientras camina a nuestro encuentro. Una segunda corre en nuestra dirección, aún a varios metros de distancia. Lleva deportivas, pantalones vaqueros cortos y una camiseta verde chillón de tirantes con un aspecto tan infantil que la resta al menos cuatro años de edad. Alcanza a la primera justo cuando comenzamos a entablar conversación con ella.

—¿Entendéis bien el italiano? ¿No? Podemos continuar en inglés, no hay problema.

La búlgara decide ausentarse de la conversación y volver al trozo de calle que considera suyo. No he visto, en lo que llevo colaborando con la organización, que se establezcan lazos entre mujeres que tienen orígenes distintos. No se llevan mal; simplemente no se tratan. Compartir *oficio* no vence la barrera de la frontera, tampoco en este contexto. Nos despide, agitando el panfleto con una mano, y animando a las dos nigerianas a que aprendan italiano. Da cinco pasos y clava la mirada de nuevo en la *strada.* Permanece allí, de pie, quieta, dándonos la espalda, moviendo tan solo un poco las piernas para evitar que el frío la atrape. Exactamente igual que estaba antes. La misma figura de piedra de hace apenas unos instantes. Un vaso de plástico con té y un panfleto a color como única diferencia.

—¿Qué tal estáis? ¿Vivís juntas?

Serán mayores de edad, pero su mentalidad se encuentra aún en la adolescencia. Se siente en la conversación, en lo absurdo de las bromas que se dedican, en la risa floja de la que se contagian a cada segundo, en su forma curiosa de mirarnos, en su forma atrevida de pedir más galletas.

—Bueno... Y vosotras sí que conocéis la asociación, ¿no?

La conversación no dura mucho. Regresamos al coche en menos de cinco minutos.

—Te has dado cuenta, ¿no?

Miro a mi compañera, sentada junto a mí, tras el asiento del conductor, con cara de no entender a qué se refiere. Cierro a mi derecha la puerta antes de preguntarle de qué se trata.

—¿No te has fijado en una de ellas? —Mi cara responde por sí misma. Me pregunto cómo ella, que estaba en todo momento dentro del coche, ha podido percibir más de la situación que yo—. La segunda chica, la que se os ha añadido un poco más tarde.

Se refiere a la que corría. La de la camiseta verde de niña.

—No. ¿Qué ha pasado?

—Ha salido de ese camión. De repente he visto que algo se movía ahí delante. —Y señala, alzando las cejas, el vehículo que está frente a nosotros—. Y he visto que salía alguien. Me he quedado un rato mirando, intentando ver qué era lo que estaba pasando. —Hace una pausa, tratando de dar énfasis a una historia que se podía contar con facilidad en menos palabras—. Y entonces ha dado dos pasos y se ha puesto ahí, al lado de la farola, justo ahí, ¿ves? Ahí he visto que era una chica. Y entonces ha sido cuando os ha visto y ha ido a hablar con vosotras.

El coche arranca y se pone en marcha. El movimiento del mismo me hace girar la cabeza para seguir manteniendo el camión dentro de mi campo visual. Lo hago por inercia, por dar contexto a una historia que mi cabeza está aún procesando. Qué mundo, el de la prostitución, ¿no? Qué mundo. No sé de qué me sorprendo, me digo. Si sé que es así. Si sé a lo que he venido. Si sé a lo que han venido. Si ya..., me digo... pero yo qué sé... que justo hemos hablado, ¿sabes? Si ya, si sé que impacta, pero al fin y al cabo... Que sí, que lo sé, que sé a lo que he venido. Que sé a lo que han venido. Pero es que hemos hablado. Y le he llenado de té un vaso. Y le he llenado de galletas otro. Y yo qué sé. Que la realidad está ahí, que yo lo sé, pero imagino que cuando la tienes así de cerca, cuando te toca hasta este punto, la realidad te quema. Que sí. Que ya. Que sé que se ganan así la vida. Que sé que es su trabajo, aunque no sea trabajo. Porque no es un trabajo, ¿no? ¿O sí? Bueno, ganan dinero, ¿no? Pues entonces sí. O no. O yo qué sé. Que sí, que ya paro. Que ya está, que sé a lo que he venido y que sé a lo que han venido. Pero es que hemos hablado. Y le he llenado un vaso de té y de galletas. Y es que tenía una camiseta, verde, de tirantes, de niña pequeña.

Giro la mirada y la desplazo a través de la ventanilla.

«Salía del camión», me digo, aceptando en una conclusión final lo sucedido.

Mis compañeros hablan. El coche avanza. Yo sigo en silencio, pensando, a través de la ventana, reparando por primera vez en la línea interminable de camiones aparcados que impregna la calle en la que estamos.

* * * * * *

—*Ciao buonaseraaaa!*

La chica rubia sonríe ampliamente en el momento en el que nos reconoce. Tiene unos ojos azules y agudos, un *piercing* en la nariz, otro en la oreja derecha y lleva rímel hasta en las cejas. En un intento por resaltar sus curvas, viste una camiseta negra de licra que abraza su cuerpo con demasiada fuerza. La *Operatrice* tarda un segundo en reconocerla.

—¡Stella! ¡Pero bueno! ¡Qué alegría verte! ¡Hacía mucho que no te veía!

Nos acercamos a la barandilla en la que está apoyada. La *Operatrice*, un paso por delante, la abraza de manera sincera. Parecen amigas. Sonrío sin poder evitarlo. Yo siempre con el termo de té entre las manos.

—¿Qué tal todo? ¿Dónde has estado? ¿Quieres un poco de té? —añade, indicándome con un gesto que me acerque.

Comienzo a servirlo antes incluso de que ella asienta con la cabeza.

—He estado en Bulgaria durante unos meses.

—Ah... ya decía yo. Bueno, antes de nada, esta es mi compañera, que creo que no os conocíais.

La sonrío intentando ser lo más cálida posible mientras le ofrezco la mano para estrechársela. Ella me devuelve, amable, el gesto.

—Nosotras es que nos conocemos desde hace un montón... ¿verdad, Stella?

—Y tanto... yo es que llevo en esto... Pues unos nueve años más o menos. Pero a ti te conocí más tarde, ¿eh? Tampoco vamos a exagerar más de la cuenta.

Se miran y ríen.

—Bueno, y ¿cómo es que has estado Bulgaria tanto tiempo? —pregunta dándole unas palmaditas de manera amistosa en el antebrazo.

—Claro... que no lo sabes... —Hace una pausa antes de continuar—. Es que, ¡he tenido una hija! —Una emoción de gratitud sincera se palpa en cada sílaba.

—Pero bueno, ¡qué me dices! ¡Muchísimas felicidades!

—Sí, sí... lo que oyes. Es preciosa, un bebé más bonito... No tengo ninguna foto aquí, sino te la enseñaba.

La alegría que desprende la escena me hace por fortuna verla más allá de su etiqueta, así que proceso la información desde la emoción de la madre primeriza y dejo las preguntas en un segundo plano, para más adelante.

—¿Y qué hace usted aquí entonces, señora madre? —pregunta, con un deje cómico.

—Pues qué voy a hacer —responde, encogiéndose de hombros, alargando los espacios entre palabras—, ganarme la vida. Que los niños no se mantienen solos.

Un silencio, impregnado de frases no dichas, se apodera por un instante del momento. Comentarios que estallan por inercia en tu cabeza pero que vienen lapidados, a golpes, por la dureza de la realidad a la que te enfrentas. Un «Pero, ¿cómo vas a...?» comienza a tejerse, pero antes de que caiga en palabras, antes incluso de que termine de ser siquiera pensado, la realidad detiene en un golpe seco el proceso. Porque ahí está ella. Real. De carne y hueso. Madre y puta al mismo tiempo.

La *Operatrice* rompe el momento antes de que este asfixie demasiado.

—La has dejado con tu madre, ¿no?

—Sí, claro. —Y añade rápidamente—. Pero en agosto regreso, así que no queda nada para verla de nuevo.

La conversación entonces se traslada a un plano más superficial, menos complejo. Color de pelo. Esmalte de uñas. Zapatos nuevos. En menos de diez minutos otras dos chicas búlgaras aparecen y se unen a nuestro pequeño grupo. Caminan sin prisas, a paso lento. Sonríen. Saludan. Se presentan. La *Operatrice* ya las conocía y a mí la cara de una de ellas me suena. Tendrán poco más de treinta años.

—*Buonasera!* Os hemos visto a lo lejos. ¿Cómo estáis?

Comenzamos a hablar de manera distendida. El modo en el que me mira la que creía haber ya visto, con ojos interrogantes y el ceño fruncido, me confirma el hecho de que ya habíamos coincidido. A ella también le resulto familiar. Tiene una mirada inteligente y cansada. A mí me transmite fuerza en sus gestos.

—Tú... —me dice, haciendo un esfuerzo por reconocer mi rostro. La falta de éxito hace que derive la pregunta por otra línea—. ¿Cuántos años tienes?

Pienso durante un segundo, porque durante los primeros meses después de mi cumpleaños me quedo siempre anclada en mi edad anterior.

—Veinticuatro —digo finalmente.

—¿Veinticuatro? —me responde, sin creerme. Yo me pregunto mentalmente si su sorpresa se debe a una apariencia de exceso o de defecto—. ¡No los aparentas para nada! Pareces muchísimo más joven. —De defecto, me señalo—. Yo diría que tienes... —Me mira entrecerrando los ojos, intentado calcular—. Yo te echaría dieciocho años.

—Eh... —titubeo, porque sé que el protocolo social señala que es un gesto a agradecer, aunque a mí, personalmente, aparentar menos años no es algo que me haga especial ilusión, al menos por el momento. Sobre todo, tras haber pasado la adolescencia con el deseo taladrado de querer ser ya mayor, en un intento de que los adultos comenzaran a tomar mis palabras en serio. No quiero volver a los dieciocho bajo ningún pretexto—. Gracias —añado finalmente.

La mujer se vuelve entonces hacia la *Operatrice*, y después de señalar que le gusta el cambio de su pelo, dice, mirándome de cuando termina, con gran expresividad:

—¿Sabes que sois físicamente muy parecidas? ¡Parecéis hermanas!

La *Operatrice* me mira y se mira. Ella morena. Yo rubia. Ella de corta estatura. Yo de casi metro ochenta. Ella de tez oscura. Yo algo así como traslúcida. Aun así, opta por dar una respuesta con la menor contradicción posible.

—Bueno... ¿Es que sabes que somos las dos españolas? Quién sabe... quizás tenemos algún gen común, aunque no lo sepamos.

En ese momento oigo un ruido en la carretera. Un coche de color oscuro se aproxima, a poca velocidad, mientras hablamos. Como siempre que sucede algo inesperado, siento cómo mis músculos se tensan, intentando estar alerta, preparándose para percibir cualquier atisbo de peligro antes siquiera de que realmente lo sea. El coche continúa avanzando hasta que se detiene, a escasos metros de donde estamos. Noto cómo el pulso se me acelera.

Miro a la *Operatrice* de reojo, que sigue metida dentro de la conversación. Ella está de espaldas al coche, así que aún no se ha dado cuenta de la nueva compañía. ¿Debería decir algo? ¿Debería interrumpirlas? Miro por acto reflejo a su interior, pero no veo nada porque la luz de las farolas es muy débil y el vehículo tiene las ventanas tintadas. La *Operatrice* continúa sin darse cuenta, alimentando la conversación y preguntando a las prostitutas cómo se encuentran.

Veo entonces que el copiloto comienza a bajar su ventanilla. Intento agudizar la mirada para tratar de percibir algo. Lo que sea. Para intentar ver si es un mero cliente o si se trata efectivamente de un peligro real. Me resulta inevitable, en un contexto como ese, no procesar cualquier anormalidad como una posible amenaza.

La ventanilla se baja tres cuartas partes. La figura del copiloto aparece de pronto, seguida en un segundo plano de la del conductor, que se mueve tratando de buscar el ángulo que le permita ver algo de la escena. Me parece distinguir una tercera persona en la parte trasera, pero no estoy del todo segura.

Me giro de nuevo a la conversación, preguntando con la mirada. Todas ellas siguen hablando. ¿Por qué? ¿Es que no se han dado cuenta? Es imposible que sea la única que ha reparado en el coche, porque las tres búlgaras tienen al vehículo de frente. Entiendo que ellas también lo han visto y que su actitud es, por tanto, intencionada. Intento entender. Ellas continúan hablando, ignorándoles, sin hacerles caso, como si no existiesen.

¿Entonces no es un peligro? ¿No son entonces tampoco clientes?

Reparo entonces en la actitud que refleja la cara del copiloto. Una sonrisa burlona, los ojos entrecerrados del que busca provocar y reírse. El gesto en potencia del que quiere decir algo, pero no termina por atreverse del todo. La seguridad del que sabe que cuenta con el respaldo de su manada y que, por ende, cualquier cosa de las que haga será interpretada como gracia. El conductor sigue tratando de encontrar el ángulo que le permita ver mejor, entender qué ocurre, sigue moviéndose detrás de la figura de su compañero. También sonríe. La presencia de la tercera persona se confirma cuando distingo con claridad su mano apoyada en el respaldo, su risa ahogada, su sonrisa torcida, y su paralelo intento por encontrar un hueco en la ventanilla.

Los tres hombres desprenden la actitud clara de la persona que va a ver un espectáculo y espera reírse. Como si las búlgaras fueran un espectáculo visible del que poder reírse.

La búlgara de mirada inteligente y cansada adivina mis pensamientos. Me susurra algo, en un acto de tierna protección, en el gesto típico del que tiene experiencia hacia el novato ingenuo que no sabe.

—Pasa de ellos —me dice, mirándolos por primera vez de reojo—. No son clientes. Solo vienen aquí a pasar el rato, a hacer alguna broma. Solo quieren divertirse. Lo mejor que se puede hacer es ignorarles, porque si te pones a contestarles les das el juego que buscan y no se van tan fácilmente.

Ah.

Muy bien.

Así que es eso.

Son tres amigos que *tan solo* buscan divertirse.

La situación de necesidad del otro como fuente de diversión para uno mismo.

Pues muy bien.

Resulta que hay hombres que hacen eso.

Hay hombres que invierten minutos de su noche en hacer eso.

Pues perfecto.

Precioso.

Magnífico.

Maravilloso.

Qué bello.

El desprecio que me producen es tan intenso que, si cierro los ojos, todavía lo siento.

En el grupo la conversación continúa. Yo permanezco en silencio, fingiendo que escucho, pero con la mente aún sujeta al coche. Sus ocupantes dicen frases que ellas, sencillamente, deciden ignorar. Entiendo entonces que la indiferencia ante el vehículo de la *Operatrice* era también intencionada. Me sorprendo, una vez más, por la capacidad que la experiencia te da a la hora de detectar sin apenas esfuerzo al cliente en el desconocido.

En menos de tres minutos, el coche de color oscuro se pone de nuevo en marcha, evidenciando que tenían razón: la ignorancia intencionada como estrategia asegurada. El copiloto sube la ventanilla, con la actitud de burla y sorna aún presente en su rostro. Se incorporan a la carretera, desapareciendo en un giro a la derecha de mi vista, por lo que finalmente consigo meterme en el ritmo de la conversación.

Conecto con ella. Están hablando de Bulgaria. Y de Sofía. La *Operatrice* estuvo allí de turismo hace relativamente poco, así que el tema está dando para bastante tiempo. Ellas hablan de la belleza que tienen su país y sus playas.

—Yo recuerdo que siempre me gustaba ir a la costa cuando era pequeña... Aunque no íbamos muy a menudo.

—¿Pues sabes que yo a lo mejor voy este agosto? Me gustaría llevar allí a mi hija.

Las mujeres hablan entre ellas. De futuro. De planes. De proyectos de verano. Un grupo corriente de amigas. Y pasan entonces a recomendarnos tantos sitios que soy incapaz de recordar el nombre de ninguno de ellos. El cariño que sienten por su tierra, que mantienen a pesar de las circunstancias y de los kilómetros.

Nos despedimos pasados quince minutos. Antes de ello, les reparto los preservativos que ellas aceptan agradecidas.

—¿Me puedes dar alguno más? Que Diana está en plena faena y ella también va a querer.

Miro a la *Operatrice* para confirmar, como siempre hago cuando sucede algo que se sale de lo estipulado, y tras su leve movimiento de cabeza le doy otros tres.

Nos montamos en el coche. La furgoneta arranca. La *Operatrice* registra en su cuaderno la parada mientras que yo le doy a mi compañera el termo con el té y las galletas. No han pasado más de dos minutos cuando visualizamos a la siguiente prostituta, así que el conductor pone el intermitente, reduce la velocidad, mete primera y se detiene en el arcén, a unos diez metros antes de ella. La mujer, que estaba sentada, nos mira y se pone de pie en cuanto nos reconoce. La *Operatrice* se baja de nuevo acompañada, en esta ocasión, de la Otra Voluntaria.

Me quedo a solas con el conductor.

Estamos un par de minutos sin decir nada.

Tan solo llegan murmullos de la conversación que sucede a pocos metros del coche.

—¿Sabes una cosa? —digo finalmente.

Me mira con sus ojos cálidos por el espejo del retrovisor.

—Dime.

No le veo la cara, pero sus cejas muestran una actitud sincera de escucha.

—¿Te acuerdas de la chica rubia de antes? ¿La que tenía el vestido ajustado de licra?

—Eh... sí, sí, sé cuál dices. La que estaba sola al principio, ¿no?

—Sí, justo.

Hago una pausa involuntaria.

—Pues acaba de ser madre.

—Ah, ¿sí?

—Sí.

Se hace un silencio.

Ninguno de los dos formula en voz alta las preguntas que ambos estamos pensando.

—Parecía muy feliz por ello —añado.

* * * * * *

—*Ciao buonaseraaaa!*

La calle está desierta. Su silueta destaca en la soledad de la noche. Su mirada, verde. Su cabello, claro. Una edad que no supera los treinta años.

—¿Qué tal, Nicoletta? ¿Cómo vamos? ¿Ya estás bien de lo tuyo?

La *Operatrice* la saluda con dos besos que, comparados con España, comienzan en el orden inverso. Ella se toca el vientre, como acto reflejo.

—Sí, estuve con las pastillas que me dieron durante unas semanas y mucho mejor, la verdad.

Me presenta mientras yo comienzo a servirle té. No quiere galletas. Busca su cajetilla en el bolsillo de su pantalón. Se enciende un cigarro.

—¿Y qué tal todo? Hacía mucho que no te veía. ¿Qué tal va tu chico?

Ella da una calada antes de contestar.

—Lo hemos dejado.

La respuesta descoloca a la *Operatrice*, que se repone antes de que su reacción sea perceptible. Su sorpresa es sincera.

—Oh, vaya. Lo siento mucho. ¿Hace cuánto?

—Un par de meses —dice ella, impregnando de humo la última palabra—. Es normal, en realidad. Antes o después iba a enterarse.

—No reaccionó bien, ¿no?

Ella responde con una calada. Se hace un silencio que la *Operatrice* respeta. La experiencia le ha enseñado a distinguir aquellos que hay que interrumpir de los que, sencillamente, merecen ser. A mí la ausencia de palabras se me clava en los tímpanos.

—Lo peor es que no es cuestión del presente, ¿sabes? —Niega con la cabeza con pesadez, sin dejar de fumar—. Mi amiga Martina llevaba ya varios años fuera de la calle cuando conoció a su novio —se corrige—, bueno, ahora ex. Es siempre así, no hay manera. No se fían de ti. No te dejan sola. Te miran con sospecha cada vez que vas a la calle, te interrogan con la mirada, aunque hayas tardado cinco minutos y vengas con un paquete de cigarrillos en la mano. Esto es algo que te persigue siempre —añade, inclinando levemente la cabeza, apuntando a la calle.

—Qué difícil, ¿no? —dice la *Operatrice*, genuina.

—A veces pienso. —Sigue ella, ignorando el comentario—, que la única opción es comenzar de cero en un sitio en el que no te conozcan e inventarte un pasado. Esta vida no es compatible con tener pareja.

Sus palabras se transforman en luces que iluminan una nueva parte del mapa. ¿A cuántas cosas se renuncia por *trabajar* en la calle? Una esquina de la realidad en la que nunca había reparado se despliega entonces ante mis párpados. Otra, de las muchas esquinas, que antes de aquello no veía. Las etiquetas, con su maestría en la simplificación, te vuelven ciego. Pedazos de mundo que ignoras porque la etiqueta *puta* lo anula todo. La etiqueta *puta*.

Incompatible, en apariencia, con el resto. Eres *puta*. Nada más. Ni *persona*. Ni *madre*. Ni *novia*. La ceguera forzada al que someten las etiquetas. ¿A cuántas cosas se renuncia por ganarse la vida en la calle? La nueva esquina es sencilla, clara, obvia, pero a mí no me gusta. ¿A cuántas cosas, en serio? La solución, en mi ignorancia, parece sencilla. Es tan fácil. Tan evidente. Está ahí. A un palmo. Ella lo ha dicho. Que dé el paso. Que abandone la calle. Que lo convierta en espacio.

—Y... ¿y por qué no lo dejas? —digo, interviniendo por vez primera.

Ella clava sus ojos en los míos. Deja caer el cigarrillo, ya consumido, al suelo, mientras desliza la mano a la cajetilla, buscando el siguiente. Tras dos segundos en los que cupieron, al menos, cuatro horas, abre los labios y escucho su voz, directamente apuntando a mi inocencia.

—¿Te crees que estaría aquí si tuviera alguna otra opción?

La pregunta me alcanza el estómago. La ingenuidad me taladra la garganta. La torpeza de mi frase, enrevesada en su mirada.

—Yo... quiero decir...

La *Operatrice* interviene, redirigiendo con acierto el curso de la conversación.

—Pues sí, Nicoletta, la verdad es que es una verdadera mierda... ¿Y no has vuelto a saber nada de él?

Ella niega.

—Desde el día que lo dejamos, nada. Ni una palabra.

—Lo siento mucho, la verdad.

—Así es la vida. —Da otra calada, aceptando el presente—. ¿Y tú qué tal? ¿Todo bien con el tuyo?

—Sí, todo bien. No me quejo. Alguna discusión, de vez en cuando, pero nada demasiado grave.

—Una relación sin broncas no es una relación —responde ella, intentando hacer una broma cuya ausencia de gracia me quema.

La conversación se prolonga durante unos minutos más. Yo no medio palabra. No puedo decir nada. Todo es silencio. No hay palabras. Ni letras. Ni nada. El concepto de pareja y prostituta enredado en mi garganta.

Nos despedimos a una señal de la *Operatrice*. Se abrazan. Le estrecho la mano, apretando con suavidad los labios. Le relleno el té. Insisto de nuevo. No quiere galletas. Nos damos media vuelta. La noche avanza. Caminamos varios metros. Volvemos a la furgoneta.

* * * * * *

—Ciao! Buonasera!

—*Ciao! Scusatemi per il ritardo, non mi sono resa conto di...*

La *Operatrice* agita la mano, haciéndome callar, en un gesto que indica que cinco minutos no necesitan ser justificados. El conductor, que estaba de espaldas a la cancela de la puerta por la que he llegado, se gira para verme el rostro. Me reconoce en seguida, ya que no es la primera vez que compartimos noche. Le reconozco en seguida, ya que ya hemos coincidido en otra salida.

—¡Hombre! ¿Qué tal tu viaje a Estados Unidos?

Es fotógrafo, y los proyectos que le encargan le hacen pasar poco tiempo en su casa de Padova.

—Muy bien, la verdad. Ahora, tenías razón. Menudo *jet lag* me dio al volver... Estuve una semana totalmente desorientado y con el ritmo cambiado.

—Sí, es que siempre te da a la vuelta —interviene la *Operatrice*—. A la ida en realidad no te afecta tanto.

—Fuiste a California, ¿verdad? ¿Cómo hiciste el vuelo?

—Pues solo una escala en Ámsterdam, así que no del todo mal.

—Me alegro, me alegro.

—*Ciao ragazzi! Scusatemi per il ritardo, ma...*

La otra voluntaria llega a paso ligero. Son las once menos veinte, y los diez minutos de retraso le hacen llegar con el pulso acelerado. La *Operatrice* vuelve a indicar en un gesto que no pasa nada y le cede las llaves del coche al conductor, haciendo ver que la noche ha empezado.

Ambos se sientan en la furgoneta. El Conductor da el contacto, ajusta el asiento a su corta estatura y enciende las cortas. La Otra Voluntaria me pregunta con un movimiento de cabeza qué asiento prefiero y yo escojo, sin particular interés, el que está detrás del copiloto. Tras pelearme un par de segundos con la puerta trasera, me acomodo en el asiento y me quito la chaqueta.

Los dos termos de té están a mis pies, por lo que tengo que llevar las piernas un poco encogidas. Me importa poco. Entre nosotras se encuentra la cesta en la que están los paquetes de preservativos, el de lubricantes, los vasos de plástico, los panfletos informativos y las galletas. La Otra Voluntaria saca los dos bolsos y me pregunta cuál prefiero. Yo escojo aquel que me pilla más cerca y comienzo a prepararlo, metiendo en él un puñado de preservativos y algún lubricante. Intento hacerlo lo más rápido que puedo, porque el coche está ya en marcha y tengo una facilidad extraordinaria a la hora de marearme, por lo que hacer cualquier cosa que no sea mirar a un punto fijo del respaldo delantero me supone un riesgo que no puedo permitirme.

Cojo los panfletos y me dispongo a seleccionar un par de cada idioma, pero tan solo hay tres y están todos en inglés.

—¿Y el resto de las hojas?

La *Operatrice* se gira desde el asiento del copiloto.

—¡Ay, cierto! Es que hay algunos cambios. ¿Veis esa carpeta? —Reparo por primera vez en ella, con el logo de la asociación en el canto, de tapas duras y gruesas—. Hemos decidido organizar los panfletos ahí, que así es menos lío.

La abro y veo que en cada uno de los compartimentos de la misma hay una etiqueta con el idioma. «Mucho mejor», me digo. Cojo seis de italiano, y le doy tres a mi compañera. Seis de inglés. Seis de rumano. Seis de húngaro. Seis de eslovaco. El coche pilla un bache demasiado rápido y el bote se siente multiplicado en los asientos traseros. Siento cómo mi estómago comienza a indicarme que, de seguir trasteando mucho más, el mareo llegará inminente y fulminante. «Bueno, da igual —pienso, disponiéndome a cerrar la carpeta—. Con estos idiomas me apaño. Si la mayoría ya conocen la asociación» —añado mentalmente, dejando fuera el búlgaro, el croata, el español y el checo.

Le paso a la Otra Voluntaria la carpeta, en caso de que ella quiera meter alguno más. Ella la abre y se detiene curiosa en los distintos apartados, entretenida por la buena organización de la que disponen ahora los folletos. Yo dirijo la mirada al frente y entrecierro levemente los ojos.

—¿Qué es esto? —dice entonces, sacando algo de la primera de las solapas.

La *Operatrice* se gira para ver a qué se refiere.

—¿El qué? Ah..., eso —responde cuando lo ha visualizado—. Es para vosotras. Para todos los voluntarios, vaya. Podéis quedaros con uno.

La curiosidad hace que abra los ojos y los dirija hacia la mano extendida con la que mi compañera me ofrece uno de ellos. Lo cojo y lo llevo hacia la ventanilla para que la luz de la calle me permita verlo un poco mejor. Sonrío. Es un pequeño imán, con la forma de una furgoneta naranja, nuestra furgoneta naranja. Sobre él, una frase escrita que atraviesa todo el vehículo.

—*Ciaobuonaseraaaa*? —pregunto, con el ceño fruncido.

La *Operatrice* se ríe desde su asiento.

—Mitiquísimo, ¿verdad?

Antes de que entienda a qué se refiere, el coche se detiene ante la primera prostituta de la noche. Cojo el té, me aseguro de llevar el bolso encima y me preparo para salir. La *Operatrice* abre mi puerta desde fuera y yo aprovecho el medio segundo que tarda para observarla. La miro a los ojos. Grandes, oscuros, de mirada intensa. Dos aros desproporcionadamente grandes cuelgan de sus orejas. Un bolso, desproporcionadamente rosa, se posa en su antebrazo.

La *Operatrice* se gira entonces hacia ella, mientras salgo del vehículo, y le dedica el saludo con el que inicia siempre todas las conversaciones que mantiene en la *strada*.

Reparo en ello por vez primera.

Sonrío por pura inercia.

—*Ciao buonaseraaaaa!!*

6

HIJO DE PUTA

El abuelo siempre decía que todo niño que naciera era una bendición de Dios o un regalo del destino. Al menos, eso le recordaba su madre cada vez que estaban juntos. Sin embargo, y aunque buceara en ella, no conseguía rescatar de su memoria ningún momento en el que se lo hubiera escuchado decir a él expresamente. De hecho, siempre le había extrañado que un hombre como él pudiera decir una frase como aquella. Sus gestos ásperos, la facilidad con la que alzaba la voz y su irascibilidad habitando a flor de piel le hacían incompatible con cualquier forma de existencia que contara con menos de diez años. Y él, que aún carecía de dos dígitos en su edad, había crecido intentando evitarlo.

Era cuestión de aprender a no ser. Cuando estaba cerca, se transformaba en silencio, impregnando incluso el ruido de sus pasos en ausencias de sonido. Cuando pasaba a su lado, dejaba el respirar en un segundo plano. El bullicio que el oxígeno provocaba al rozar sus alveolos era un lujo que prefería no darse, con tal de no ser notado. Respirar, al fin y al cabo, no era tan importante. Y, aun así, y pese a todo, a veces no bastaba. Existir, aun no siendo, era en ocasiones difícil de tolerar por un hombre que vivía con el olor a alcohol incrustado en la voz y con la mirada vacía y permanentemente rota. Una pelea invencible comenzaba en esos momentos. El miedo tatuando temblores en cada uno de sus músculos. El deseo de escapar de allí conviviendo con la imposibilidad de hacerlo.

Su abuela llegaba entonces, como un meteorito salvavidas.

—Déjalo ya, hombre, que es solo un niño.

Y dicho esto se lo llevaba a la cocina, con ese caminar lento de elefante que tanto la caracterizaba, empujándole suavemente por la espalda, invitándole a caminar sin detenerse ni darse media vuelta. Se lo llevaba a la cocina, le sentaba en una silla, le limpiaba con el borde del delantal las lágrimas que a su pesar ya descendían de sus ojos y, aireando las manos y haciendo más gestos de los que eran necesarios, trataba de restarle importancia a la situación que habían dejado en el salón. Si le escuchaba aún sollozar le dedicaba un último «venga, ya está, ya está. Que no ha pasado nada». Con el que pretendía escribir el punto y final del párrafo apenas vivido, aun sabiendo que su nieto aún necesitaría muchas más hojas para pasar página de la escena previa.

—Ayúdame a secar platos, anda —le dedicaba entonces, alcanzándole el paño más cercano porque, como decía ella siempre, las penas siempre se van haciendo algo de utilidad. Y así, con el sentido común del que decide aplicar en el otro la estrategia que lleva uno mismo siguiendo durante toda la vida, operaba con su nieto. Tapando con estropajos la tristeza que él sentía. Ofreciéndole como antídoto un paño de cocina. Ignorando la humedad salada que su delantal aún tenía.

Mientras tanto, su madre, era una ausencia presente. Quizás haya quien piense que, cuando te crían lejos de quien te trajo al mundo, su falta, en realidad, no te quema. Es todo mentira. Él pasaba los años construyendo su identidad en torno a un vacío que no había conseguido ignorar del todo, aunque, con el tiempo, había aprendido a sobrellevarlo. Era como aprender a vivir sin un brazo. O con medio pulmón. O con cuatro sentidos. Sabes que te falta algo que necesitas, algo que viene a visitarte, con suerte, dos veces al año, la mayoría de las veces, cargada de regalos. Él, en cierto sentido, se había acostumbrado. El tiempo le había permitido desarrollar un par de branquias que le ayudaban a respirar cuando le faltaba el aire. Pero, aun así, la echaba de menos.

—¿Qué tal está el rey de la casa?

Los primeros años, su madre había sido una voz entrecortada que llegaba a través del móvil una vez por semana. Con el tiempo, los días que pasaban entre llamada y llamada terminaron creciendo en número, porque la telefonía internacional era un lujo que había que aprender a dosificar.

—¿Cuándo vienes?

A los siete años dejó de preguntarlo, porque entendió, con esa lucidez propia de los que son obligados a crecer demasiado deprisa, que la respuesta siempre sería un tiempo que quedaba demasiado lejos. Así que, se dijo un día, era mejor no saberlo.

—¿Por qué no me llevas contigo?

Ella le acarició el pelo y se agachó para darle un sonoro beso en el moflete.

—Cuando seas mayor.

Y allí estaba.

Contando

los días

que faltaban

hasta tener

la edad

adecuada.

Esperando.

Cada vez,

con menos ganas.

* * * * * * * * *

Me quedo a solas con el conductor.

Estamos un par de minutos sin decir nada.

Tan solo llegan murmullos de la conversación que sucede a pocos metros del coche.

—¿Sabes una cosa? —digo finalmente.

Me mira con sus ojos cálidos por el espejo del retrovisor.

—Dime.

No le veo la cara, pero sus cejas muestran una actitud sincera de escucha.

—¿Te acuerdas de la chica rubia de antes? ¿La que tenía el vestido ajustado de licra?

—Eh... sí, sí, sé cuál dices. La que estaba sola al principio, ¿no?

—Sí, justo.

Hago una pausa involuntaria.

—Pues acaba de ser madre.

—Ah, ¿sí?

—Sí.

Se hace un silencio.

Ninguno de los dos formula en voz alta las preguntas que ambos estamos pensando.

—Parecía muy feliz por ello —añado.

7

FRAGMENTOS

ANTES

Hay personas con las que se comparte un punto.

La mayoría de las veces, no se elige conscientemente: sencillamente sucede. El café en el que se acaba al terminar una clase, el bar en el que comienzan siempre todas las buenas anécdotas, el banco del parque en el que tuvo lugar una primera conversación. Unas coordenadas que pertenecen, figurativamente, a una relación, por ser un epicentro simbólico de lo que esas dos personas comparten y, en cierta medida, son.

Aquel era, de algún modo, el suyo.

Sacó la cajetilla que tenía en el bolsillo izquierdo del pantalón. Era un ritual practicado hasta la saciedad y que, pese a su sobriedad, resultaba adictivo: con el pulgar izquierdo retiró la tapa, con el índice y el corazón sacó un cigarrillo, con la mano derecha rescató el mechero del otro bolsillo. Era un número perfectamente sincronizado que concluía, en un final elegantemente esperado, con el cigarrillo depositado en sus labios y con aquel mechero azul metálico prendiéndole fuego en el extremo.

—¿Quieres uno?

La chica de ojos oscuros rechazó la oferta, levantando brevemente la mano, mientras que con la otra sacaba su propia cajetilla del bolsillo de la chaqueta. Aceptó, eso sí, la del mechero, pues con las prisas había olvidado el suyo en casa. Procedió a encenderse el suyo, evidenciando práctica, pero menos gracia. La brisa que sopló hizo que necesitara un segundo intento, en el que se giró levemente, ofreciendo su cuerpo como paraviento. Conseguido el objetivo, se dejó caer sobre el poyete del muro, entregándose a la primera calada.

—¿A qué hora sales?

La chica de ojos claros respondió sin apartar la vista del campo de fútbol. Un puñado de niños corrían detrás de una pelota a lo lejos, elevando una nube de polvo y tierra a su paso. El viento difuminaba sus palabras en la distancia que permitía, no obstante, detectar en ellas una combinación mixta de competitividad y jolgorio.

—De madrugada.

Eran uña y carne. Durante años fue imposible verlas caminando a más de medio metro de distancia. La una con la mirada ingenua y castaña. La otra, de mirada azul y espabilada.

—Cómo ha pasado el tiempo, ¿eh?

Ella asintió, en silencio, mientras inspiraba de nuevo el cigarrillo y miraba hacia arriba, expulsando el humo en aquella dirección, en un intento infructífero de cubrir con su bocanada el cielo.

Habían empezado a fumar juntas en aquel mismo lugar, mientras se entretenían observando a once hombres correr detrás de un balón. El campo les quedaba cerca, y en menos de una semana de investigación descubrieron el horario de los que bautizaron como «sus favoritos». Presas de las hormonas de la época, buscaron una actividad que les permitiera entretenerse a la par que aumentar sus posibilidades de éxito; la adolescencia les trajo la respuesta en forma de cajetilla de tabaco. Empezó como una broma. Terminó siendo la terapia más barata para combatir el estrés y una vida que te dejaba, continuamente, la boca seca.

De todo aquello hacía ya demasiado.

Dieron una calada a la vez sin planearlo. Los minutos pasaban. Otra calada. Y otra. Y otra. Allí estaban ellas. La una junto a la otra. Viendo pasar el tiempo sin decir nada.

La tarde caía. A lo lejos, dos niños se encaraban en una pelea que un tercero, más grande, detenía antes de que se materializara en golpes. El partido se detuvo por un momento, sorprendido por el odio situado que acababa de aparecer en el campo (uno de esos que no se entiende cuando se observa desde fuera). El equipo revoloteó en torno a la escena, contribuyendo a crear distancia entre sus dos protagonistas. La brisa traía algunos insultos entrecortados, que fueron silenciados tan pronto como el balón estuvo otra vez en juego. En menos de dos minutos, el partido continuaba, como si nada hubiera pasado.

La chica de ojos claros inspiró con vehemencia el cigarrillo, mientras ahogaba en su humo una carcajada con sorna.

—Hombres, ¿eh? Reconocibles desde niños.

La chica de ojos oscuros le rio el comentario. Entendió, por el modo en el que su amiga se entregaba a esas últimas bocanadas y por la longitud del cigarrillo que a ella misma le quedaba, que el momento estaba cerca. Pensó en qué decir. Se le ocurrieron demasiadas cosas, así que prefirió permanecer en un silencio que solo fue roto por tres palabras que se le escaparon sin quererlo:

—Llámame cuando llegues.

Ella no dijo nada. Terminó el cigarrillo en dos caladas, la última de las cuales, llevó oculto un suspiro. La pesadez que sentía transformada en humo ligero, invisible para todo aquel que no fuera capaz de identificar la resignación en las partículas del aire.

Aún en silencio, se levantó del muro y tiró los restos de la colilla al suelo. La apagó con un golpe de pie mientras se frotaba con las manos el pantalón, asegurándose que quedaba tan limpio como estaba al salir de casa. Era un gesto innecesario, que ella, en cambio, necesitaba hacer. Alzó la vista y trazó con sus ojos el recorrido que tenía por delante. En cinco minutos estaría de nuevo en su cuarto. Conectó el piloto automático. Dio el primer paso. Dio un segundo. Decidió no girarse para verla de nuevo. No tenía sentido mirar hacia atrás. Un gesto necesario que ella, en cambio, necesitaba no hacer.

La chica de ojos oscuros la observó marchar, mientras el tiempo que les quedaba juntas desaparecía en sincronía con el humo de aquel último cigarrillo. No había nada que hacer. No había nada que decir. Aceptó el presente. Mató de una calada póstuma el que tenía aún en los labios y lo dejó caer al suelo. Silenció el ya débil rastro de fuego con la suela de su zapato, dedicándole una fuerza mayor de la que era necesaria porque ocultaba, en cierta medida, algo de rabia. Permaneció con la vista allí clavada antes de descubrir algo que brillaba, en un plano más cercano. Dirigió su atención a aquel objeto, reparando así en el mechero, de azul eléctrico y cubierta metálica, que había quedado olvidado, intencionalmente, a su lado. Escudriñó con los ojos su superficie. Lo recogió con un cuidado impropio de ella. Lo observó reposando tranquilo en su mano derecha, mientras jugueteaba con el tacto del plástico entre sus dedos. Cuando volvió de nuevo la vista hacia ella descubrió que, aunque alcanzable aún por voz, estaba ya demasiado lejos. Volvió la vista al mechero y sonrió sin quererlo. Supo que era su forma de decirle que la echaría de menos.

DURANTE

El ser humano tiene una tendencia ciega a clasificar la realidad que lo rodea. Imagino que es porque, ante la complejidad del mundo y la cantidad de información con el que nos bombardea, necesitamos simplificarlo. Nos gusta crear categorías en la que enmarcar nuestro entorno, etiquetas que pegamos sobre los eventos que nos suceden o las personas que nos rodean. Nos hace sentir que el mundo posee un orden del que en realidad carece y que obedece a unas normas que en realidad no tiene. Nos hace creer que tenemos cierto control sobre lo que sucede y que poseemos cierto nivel de predicción sobre el futuro: si *X* pertenece a *Y*, entonces pasará *Z*. Si *A* es *B*, entonces puedo esperar *C*. El problema surge cuando *X* y entonces *C*. Cuando la predicción se rompe, cuando lo esperado no llega. Aunque…, en realidad… En realidad, importa poco. Cuando eso ocurre, seguimos cortando la realidad en los trozos A-B-C, como el que se esfuerza por meter una pieza de puzle en un hueco al que no le corresponde. Así de simples y frágiles somos. Preferimos deformar la realidad antes que aceptar que nuestra taxonomía es incorrecta.

La ironía de todo esto es que da igual el grado de conciencia que se adquiera sobre esta terca tendencia. A mí me explicaron todo esto en una clase de segundo de carrera y me dio igual: sigo clasificando absolutamente todo. Digerir el mundo en grupos, reducir la realidad a categorías, pegar a la vida etiquetas, minimiza el ardor de estómago que un mundo desorganizado me provoca. Es una de esas ficciones que creo para hacerme la vida más vivible. Una ilusión con la que creo vencer el caos intrínseco que encuentro en el mundo. Hay mentiras que merece la pena mantener, aunque sea por puro instinto de supervivencia.

Con la prostitución pasó lo mismo. La distancia que mantuve durante toda mi vida respecto a ellas me hacía entenderlas como un grupo uniforme, distintivo. Apenas las veía esperando en la calle Montera, en sus tacones, en sus blusas ajustadas y en sus pantalones pitillo, las encerraba en su *trabajo* y apartaba la mirada. No las pensaba más. Todas eran iguales. No merecía la pena detenerse en ellas. Constituían un elemento decorativo, contextual, similar a los árboles o a las farolas. Veía su etiqueta más que su persona. Desconocía su nombre, pero conocía su *oficio*, y con eso, pensaba, me bastaba pare entenderlo todo.

El contacto directo con ellas rasgó de cuajo su categoría. Fue como si la realidad me observara de arriba abajo y arrancara de mi mundo ordenado aquel trozo de papel, desmenuzándolo, con determinación y sin precisión, en breves suspiros de celulosa. Bastaron un par de salidas para entender que reducir a las prostitutas bajo una palabra de once letras es tan absurdo como esperar que todas las personas que tienen el cabello claro tengan personalidades similares. Compartir *oficio* no les hace compartir forma de ser, actitud, historia o forma de entender la vida. La necesidad económica es, quizás, la única constante inevitable que aparece en todas y cada una de sus vidas. Pero eso es todo. Tratar de encajarlas en el mismo perfil por el mero hecho de que compartan calle es un reduccionismo tal que no se sostiene ni a fuerza de calzador.

Así que yo, tras poder acercarme a la parte de mundo que es suyo (y que debería también ser nuestro), me abandoné a la labor de diversificar su grupo. Así somos, los humanos: cuando la categoría te falla, decides ajustarla en lugar de eliminarla. A veces pienso que, por ser nuestra costumbre clasificatoria tan intrínseca a nuestra naturaleza, la mejor estrategia es aceptarla y no combatirla. De hecho, si se piensa, no tendría por qué ser malo. Basta con saber que es un recurso que utilizamos para procesar la vida, y no tomarlo como la vida misma. Entender que el mundo es más complejo que las etiquetas que le asignamos y saber que, a veces, ocurren cosas que no entran en ellas.

Por todo ello, y durante mis primeras semanas, me entregué al entretenimiento inocente de encontrar la taxonomía adecuada. Al principio fui a lo fácil: intenté hacerlo por nacionalidades, aunque fracasé antes incluso de haber definido cada categoría. El grupo de nigerianas me parecía más homogéneo, aunque sospecho que pueda ser una ilusión provocada porque la numerosidad de su grupo impedía profundizar en sus individualidades. Todas ellas tenían cara de niña, el humor absurdo propio del adolescente y un atisbo de miedo en los ojos que variaba de intensidad en función de la persona. El miedo del que no es libre y se sabe preso. No había visto ninguna que superase los veintipocos años de edad, y yo me preguntaba, continuamente, qué era de ellas cuando se acercaban a la treintena. Sin embargo, las mujeres que venían de Europa del Este, que fue el otro gran grupo de nacionalidades que conocí, era tan heterogéneo como el de cualquier grupo de mujeres escogido al azar. De manera independiente a que pudieran compartir el modo de llegada (la mayoría engañadas por un hombre en el que confiaban), las similitudes que tenían eran escasas. La mayoría solía superar los veinte años, aunque también en ello había excepciones.

Así que, impulsada por mi fracaso y por esa motivación innata, en mí obsesiva, me decidí por crear una taxonomía centrada en mi primera persona. Era absurdo, lo admito, pero si aceptamos que las categorías sirven más como herramienta personal que como descripción de la realidad, el criterio bajo el que agrupar la vida carece de importancia. Así lo pensé en aquel momento y así, en el fondo, lo pienso ahora. Fue un grupo de clasificación que solo servía para acallar aquella manía, porque las similitudes eran difusas en el interior de cada grupo. Pero no importaba. Era un gesto egocéntrico que, a mí, me entretenía: grupo de hermanas pequeñas, grupo de mujeres que me superan en edad, grupo que me recuerda a alguien que conozco o grupo de chicas que, en otro contexto, podrían haber sido amigas mías.

Aquel era el grupo que más de cerca me tocaba por la menor distancia que atribuía entre ellas y mi persona y ese terco egoísmo del ser humano de conceder más importancia a aquello que le pilla más próximo. En él incluía a todas las mujeres de una edad cercana a la mía que vestían ropa más que disfraces: blusas que cubrían más piel de la que mostraban, tacones que no zancos, faldas no atravesadas por el prefijo extra-mini. La elegancia oculta en el armario de una puta. «¿Saldría de fiesta con esta chica?» me decía, como pregunta definitiva. La respuesta afirmativa servía como asignación inequívoca de la etiqueta mental que les correspondía.

Apenas las distinguí por la ventanilla, supe que ellas pertenecían a esta categoría.

—Allí hay otras dos, casi nos las pasamos.

El conductor puso el intermitente y redujo la velocidad, a la par que se aproximaba a las dos figuras que acababan de aparecer a nuestra derecha, dejando el suficiente espacio como para que no se sintieran cohibidas, pero deteniéndose lo suficientemente cerca como para que supieran que veníamos a hablar con ellas.

Estaban sentadas en un poyete, en una salida cualquiera de una de las grandes naves que tenía el polígono industrial en el que nos encontrábamos. Tenían el pelo cuidadosamente alisado con plancha, y un maquillaje discreto que a día de hoy aún sigo sin ser capaz de imitar del todo. Una de ellas llevaba un pequeño bolso. La otra sujetaba el móvil con la mano. Al vernos, interrumpieron la conversación en la que estaban envueltas y esperaron a que el conductor dejara de maniobrar sin levantarse. Al primer contacto visual nos sonrieron.

—*Ciao! Buonasera!*

Venían de Rumania. Una tenía 24 años; la otra acababa de cumplir los 21. La primera se llamaba Anca. La segunda, Bianca. Las dos fumaban.

—*Ciao!* No te había visto en mucho tiempo. —Mientras decía esto, Anca se incorporó para dar dos besos. Bianca quedó en un segundo plano, sonriendo con los ojos, sosteniendo en una mano un cigarrillo y alzando la otra en señal de saludo.

—Es cierto. Habéis tenido que coincidir más con la otra *operatrice*, entonces. ¿Os habéis cambiado de zona? ¿No os solíais poner en la salida del *McDonalds*?

—Sí, desde hace un mes y medio. Era una zona demasiado transitada y teníamos que pagar demasiado. Pero aquí estamos más tranquilas y podemos charlar mejor, ¿verdad Bianca? —añadió, girándose hacia ella, aprovechando la pausa para vaciar sus pulmones de humo en forma de bocanada.

La segunda asintió convencida.

—Me gusta tu cazadora, ¿de dónde es?

—¿Esta? —Bajé la vista para recordar qué llevaba puesto en ese momento—. Si te soy sincera, no me acuerdo... Pero me suena que me la compré en un mercadillo por algo así como veinte euros.

—¿Aquí, en Padova?

—No, que va. En España. Soy de allí.

—¿No os conocíais? —La *Operatrice* aprovechó la ocasión para presentarnos. Bianca, que había permanecido callada y levemente retirada durante la conversación, dio un paso para incorporarse en el grupo.

—Tenéis la asociación cargada de españoles. ¿Qué ocurre? ¿Vosotras tampoco encontrabais trabajo en vuestro país? —dijo la rumana, con un tinte de ironía que no acerté a saber si era involuntario o provocado.

—La comida italiana, que atrae a cualquiera —respondió veloz la *Operatrice*—. Pero es difícil no sentir nostalgia ¿verdad? ¿No os pasa a vosotras?

—¿Echar de menos nuestra casa?

—Sí, claro.

—Un poco. Pero en agosto hemos dicho que volvemos, ¿verdad Bianca?

—Sí, en agosto volvemos —dijo ella, abriendo la boca por vez primera.

—Además, hemos dicho que vamos a irnos a bailar a un sitio que conocemos y que nos encanta.

—Los italianos bailan poco, ¿verdad?

—¿Poco? Si no saben divertirse.

—En España se baila más, os lo aseguro.

—Tampoco es que sea muy difícil bailar más que un italiano.

Bianca la miró y le rio el comentario, en un gesto de complicidad que evidenciaba una broma compartida. No hacía falta ser especialmente sensible para darse cuenta de que la relación que mantenían contaba con varios años de edad. Una versión tenue de alegría me nació en el pecho al ver que al menos dos personas, allí dentro, hacían piña.

—Y también, y con un poco de suerte, nos escaparemos unos días a la playa.

—Hombre, pues muy bien. ¿Tenéis ya el sitio escogido?

—Elegido está, pero tenemos que esperar un poco antes de reservar nada. Es que nos encanta la rutina de la playa, ¿verdad Bianca? Levantarse por la mañana sin prisas, ir al mar, tumbarse en la arena, ponerse a tomar el sol —diciendo esto extendió los brazos y extendió para atrás la cabeza, imitando la postura a la que se refería—. Es una maravilla, me pasaría así toda la vida.

—Y que lo digas. Mucho mejor el mar que la montaña.

—Y luego por la noche cenas, te arreglas, te preparas para salir...

—¿Y os alisáis así también el pelo? —dijo la *Operatrice,* cogiendo un mechón del cabello de Bianca en un gesto de lanzarle la pregunta a ella—. Porque lo tenéis precioso.

—¿Te gusta? —respondió Anca—. En realidad, lo ha hecho ella, que tiene una mano con la peluquería... No se le da nada mal, ¿verdad?

Ella enrojeció levemente por el cumplido.

—En realidad, me enseñó mi madre. A ella sí que se le da bien.

—¿Y qué me decís de las uñas? —Anca mostró el dorso de su mano, acercándoselo al rostro y moviendo los dedos para llamar la atención sobre ellos—. ¿No os encanta el color?

La *Operatrice* le cogió la mano, aproximándosela a los ojos para verla más de cerca.

—Precioso. ¿También obra tuya, Bianca?

—No, no. Eso es mérito mío. También se las he pintado a ella, ¿verdad Bianca? Enséñales cómo ha quedado.

Ella extendió su mano hacia nosotras, mostrando cinco dedos que acababan en un color carmín apagado.

—A mí es que me gusta más el rojo —dijo tímidamente, justificando el porqué del color diverso.

—Pues también muy bonito. Me gusta.

La conversación duró un cigarrillo y medio más. Pasado un tiempo nos disculpamos explicando que teníamos que continuar con la noche y nos despedimos entregándoles un puñado de preservativos a cada una.

—*Ci vediamo presto!* —dijo la *Operatrice* después de haberles dado un último par de besos y antes de dar media vuelta, camino al coche. Yo la imité automáticamente y seguí sus pasos sin permitir que me sacara demasiada distancia.

—Se nota que son amigas —dije en voz baja, una vez estuvimos a la suficiente distancia como para no ser escuchadas—. ¿Verdad? —añadí, ante el silencio de ella.

—Sí —respondió finalmente la *Operatrice,* mientras abría la puerta de la furgoneta—, lo son —agregó, metiéndose en el interior del vehículo.

DESPUÉS

—Bueno, ¿qué? Jamás dirías que la controla, ¿eh?

La pregunta me golpeó por inesperada e incomprensible.

—¿Perdón?

—Estas dos. —Alzó la vista por el retrovisor, mirándome a los ojos a través del espejo, y giró levemente la cabeza apuntando hacia el poyete del polígono en el que dejábamos a Anca y Bianca.

—¿Qué pasa con ellas?

—¿No te has dado cuenta?

El coche se incorporó al carril derecho mientras mi cabeza intentaba procesar información que mi inexperiencia no había percibido. Ante mi silencio, la *Operatrice* continuó hablando.

—Una era la *jefa* de la otra, si quieres decirlo así.

—¿Cómo? —La frase era simple, pero no la entendía.

—Sí, que Anca controla a la otra. Por eso Bianca casi no habla y está siempre en un segundo plano. ¿No has notado como parecía siempre esperar la confirmación de la otra antes de hacer nada?

Mi cabeza repasó la escena que acabábamos de vivir, a la que mi ingenuidad había dotado de un color bien diferente. Mi voz no articuló palabra, resistiéndose a comprender una realidad que no aceptaba. La *Operatrice* siguió hablando.

—Pero bueno, la cosa ha mejorado. Ahora la deja ser bastante más autónoma.

—Pero... —dije echándome para adelante, intentando recabar más información—. ¿A qué te refieres con eso de que la controla, exactamente?

—Pues a la típica historia que tienen en Europa del Este. Ya sabes, muchas de ellas vienen engañadas por alguien en quien confían, generalmente las que se dicen ser sus parejas: un hombre que dice amarlas y les promete un futuro compartido en esta parte del continente. Y bueno… ya sabes cómo acaba, que cuando llegan el *lover* pasa a ser su proxeneta. Pues con esta pobre igual, pero en lugar de su novio, la trajo su mejor amiga de la infancia.

Su mejor amiga.

Escenas de una historia que no conocía comenzaron a invadirme la retina. Inventaba, más que descubría, un pasado que, pese a lo poco que sabía, podría haber sido el suyo. Las imaginé compartiendo juegos, hormonas, adolescencia, comentando hombres, comenzando a fumar juntas. La *Operatrice* seguía hablando, interrumpiendo mi tren de pensamientos, obligándome a permanecer en el presente delimitado por las cuatro paredes de nuestro coche.

—Por lo visto Anca se vino antes, y fue más tarde cuando decidió convencerla.

Decidió convencerla.

La incomprensión de la frase sacudió mi cabeza, que solo acertó a balbucear una respuesta en forma de justificación no pedida.

—Yo… cuando las he visto… o sea… yo pensaba que eran amigas.

La *Operatrice* contestó categórica.

—Lo son.

Son amigas.

Se hizo un silencio en el que sonó mi cuestionamiento ante tal afirmación. ¿Amigas? Era difícil, ¿no? Era difícil mantener la categoría *amiga* en una situación como esta. Difícil que te den esa etiqueta si arrastras a la que consideras tuya a este trozo gris y abrupto de mundo. Un trozo, abrupto y gris, que tú conoces en primera persona. Difícil llamarte así si ejerces control, día tras día, noche tras noche. ¿Se puede controlar a una amiga? ¿Qué tipo de amiga? ¿Qué tipo de amiga te arrastra a ser puta? ¿Qué tipo de amiga, sabiendo lo que es ser puta, te convence de serlo? La *Operatrice,* con su trabajada capacidad de leer las cosas que no se dicen, contestó a lo que pensaba.

—No juzgues una situación que no entiendes.

No juzgues

Algo

Si no lo entiendes.

Silencio.

Tenía razón, en realidad.

Me recosté rendida en el asiento de la furgoneta. Las palabras comenzaban a ordenarse en mi cabeza, formando frases que creaban escenas. Por algún motivo que desconocía, habían decidido detenerse en el momento de su despedida, allá en Rumania. Revoloteaban entorno a aquel instante temporal, que en realidad nos era desconocido, creando con su presencia la escena. Daban pinceladas sobre el aire, marcando con su eco el lienzo en blanco, construyendo una historia que no era, pero que podría haber sido. Tomaron el humo de tabaco como punto de partida, y establecieron una constante entre dos momentos, imaginando que en el cigarrillo ahogaban la pesadez y el silencio. Las retrataban apoyándose contra un muro, abandonándose con vehemencia a las caladas, tratando de cubrir el cielo con sus bocanadas.

La *Operatrice* acudió de nuevo al rescate, poniendo distancia entre mi persona y mis palabras.

—¿Te acuerdas de lo que hablábamos el otro día?

Regresé al presente de manera automática.

—¿El qué exactamente?

—El tema de salir de la prostitución, que si era factible realmente.

—Ah sí, claro. Lo recuerdo. Que es difícil, ¿no?

—Efectivamente, lo es. Porque hay que pensar que, una vez que se adaptan, se terminan dejando llevar por la rutina. Todos lo haríamos en realidad. No conocen a nadie fuera del círculo, no controlan el idioma, no piensan que puedan dedicarse a otra cosa y se creen ilegales en un país que no comprenden. Con esa falta de recursos es difícil imaginar siquiera que la vida que les ha tocado tener permite, de hecho, otras posibilidades.

—Un poco desesperanzador, ¿no?

—Sí, pero ahí está la clave, ¿sabes? —Continuó al ver que no sabía a qué se refería—. «Una vez se adaptan» —señaló, citándose a sí misma—. Hay estudios sobre el tema que señalan la existencia de una ventana temporal en la que es más probable que las mujeres abandonen la prostitución.

—¿En serio?

—Sí, al principio de todo, cuando acaban de iniciarse en este mundo, antes precisamente de que se *hayan adaptado* —remarcó las últimas palabras, evidenciando que cuestionaba el concepto de *adaptación* en un contexto como este—. Prácticamente ninguna mujer empieza como prostituta porque *quiere*, al menos en este país, al menos en este contexto. Así que puedes imaginarte cómo tienen que ser sus primeros encuentros sexuales. —Mi imaginación se disparó, pero el punto y seguido de la conversación evitó que se fuera demasiado lejos—. Es precisamente en ese momento en el que más probable es que cambien de opinión y luchen por salir de esta situación. Pasado un punto, sin embargo, algo parece hacer clic en su cabeza y *plin*, nada. Es como si de golpe se rindieran a la dinámica.

—La disociación cognitiva, de Festinger —dejaron caer mis labios.

—¿Perdona?

—¿No has oído hablar de ello? Es de primero de carrera.

—En la mía no lo dimos, desde luego.

Me acerqué a su asiento, desenterrando de mi memoria unas clases que quedaban ya demasiado lejos.

—Bueno, en realidad no sé si se aplica aquí exactamente. La idea es que las personas intentamos siempre guardar una coherencia entre creencias, actitudes y conducta, pues la inconsistencia entre ellas genera un estado de malestar llamado «disonancia cognitiva». Así que, para evitarlo, o bien cambiamos de conducta, y dejamos de hacer algo en lo que no creemos, o bien cambiamos de actitud, y modificamos la creencia que tenemos en torno a algo que hacemos.

La *Operatrice* me escuchó con atención.

—Así que, en la prostitución, en la que cambiar la conducta es más difícil, ¿se modifica la actitud hacia la misma?

—Sí, en cierto sentido. Te habitúas al contexto en el que estás, básicamente, por puro instinto de supervivencia.

—Tiene sentido. —Y añadió un comentario irónico mirándome por el retrovisor, para observar mi respuesta—. Fíjate, que al final la psicología va a servir hasta para algo.

Le reí el comentario.

—Me lo voy a tomar como un cumplido.

Se hizo el silencio en la furgoneta, mientras esta continuaba avanzando por aquella carretera de las afueras de Padova. Una débil luz iluminaba el interior del vehículo, procedente de la pantalla del móvil de la Otra Voluntaria. El Conductor presenciaba nuestra conversación con interés, atento a lo que decíamos, sin interrumpir ni mediar palabra.

—Pues precisamente esto fue muy acusado en Bianca.

—¿El qué?

—Sí, se pasó los primeros meses fatal, fatal, fatal —enfatizó, queriendo hacer justicia al estado por el que había pasado—. Anca me hablaba constantemente de ella. Llegábamos por la noche y me decía, con una mezcla de crítica y pena, que Bianca se había negado a salir de su casa, que se había quedado metida en la cama. A mí, aunque suene raro, aquello me llenaba de esperanzas, porque me hacía creer que era más probable que se rebelara. Intenté en varias ocasiones provocar una conversación, pero me era imposible llegar a ella.

—¿A qué te refieres?

—A que Anca la tenía totalmente controlada. Mira, hubo un día en que fuimos al médico porque Bianca se había cogido una infección de orina grandísima. Te confieso que yo estaba contenta, de verdad. Desde el momento en el que recibí la llamada empecé a albergar esperanza, pensaba que sería una oportunidad perfecta para que hablásemos las dos solas, para explorar un poco más la situación en la que se encontraba... —Hizo una pausa que a mí me supo a suspiro—. Pero nada. No hubo forma. Anca se presentó también al encuentro y no me dejó ni dirigirle la palabra. Estaba todo el rato mediando por ella, constituyendo un muro entre Bianca y yo, como lo que has visto hoy, pero mucho más acusado. Imposible vencerlo. Pero bueno... —suspiró, ahora visiblemente—. Al menos ahora sonríe más cuando la veo.

Yo me recosté en el asiento a la par que dejaba escapar un «entiendo» que en realidad no sentía, porque yo, en aquel momento, hacía de todo menos entender nada. La noche avanzaba. Escuché cómo el intermitente y la reducción de la velocidad indicaban la llegada a otra parada. La llegada a otra vida. La llegada a otra historia enmarcada en el cuadro de la prostitución. La llegada a otra realidad que seguramente no entendería. La Otra Voluntaria guardó el móvil en su bolsillo, llevándose con ella el único suspiro de luz que existía dentro de la furgoneta. Miré por la ventanilla, distinguiendo tres figuras de mujer bajo la bombilla amarilla de una farola. La puerta de la furgoneta se cerró antes de que pudiera siquiera escuchar sus nombres. Su historia me permanecería por siempre desconocida.

8
EL DÍA

—*Venti con quaranta e cinque.*

Abrí la cartera, buscando la cifra exacta. Localicé el billete en seguida; las monedas, en cambio, se me escapaban por la similitud que encuentro entre ellas y mi torpeza habitual para hacer actividades que requieran maña y velocidad. Con los años he aprendido que intentar hacerlo más rápido solo ralentiza el proceso, así que me armé con una sonrisa y continué inspeccionando mi cartera, mientras trataba de ignorar la ansiedad que me provocaba hacer esperar al cliente que me sucedía.

El supermercado quedaba a quince minutos andando de mi casa, cinco si cogía la bici. El barrio residencial en el que vivía alternaba casas con pequeños negocios, y constaba de un par de parques en el que las familias florecían los domingos por la mañana. Les saco conversación mientras mi Inés ficcional sigue buscando con saña los *quaranta e cinque* céntimos en la cartera roja que lleva siempre en su mochila. No quiero que se aburran en la espera. Imagínense que observan la escena a mi lado. Acompáñenme a observar aquel recuerdo que, en algún momento, fue parte de mundo. No se preocupen, porque nadie es capaz de percibirles. Ninguno de nosotros existió en realidad en aquel momento, por lo que es imposible que alguno de aquellos personajes perciba nuestra presencia. Así que relájense, no se alteren, sumérjanse en la escena, imaginen el momento que mis palabras esbozan, visualicen a esa Inés a la que ahora saco dos años mientras escuchan mi voz en off, que se esfuerza en distraerles. Observen a esa pobre veintipicoañera, que trata con torpeza de encontrar monedas y mantener la calma.

Todas las semanas me ocurría lo mismo. Todavía me sucede, en realidad, aunque ahora sea menos evidente porque siempre pago con la tarjeta de crédito. Solía pasarme por aquel supermercado los martes, después del laboratorio, y los viernes, antes de quedar con mis amigos, porque no conseguía cargar con la compra de la semana en un solo viaje. Mi amiga y compañera de piso, menos cuadriculada que yo, venía solo cuando carecía de qué comer y se reía de mi estructurada manera de enfrentarme a la vida.

—*Ecco.*

Extendí la mano dándole el precio exacto. El dependiente me entregó el recibo, que yo arrugué sin quererlo al esconderlo en el bolsillo trasero de mi pantalón. Recogí todas mis cosas, organizándolas como buenamente pude en las bolsas que había traído. Terminé de guardar los tomates y alcé los ojos, dispuesta a despedirme.

Reparé entonces en la mujer que compraba, detrás de mí.

Mi mirada y la suya coincidieron en un segundo.

Descubrí en su persona un rostro que reconocía.

Un rostro que yo había visto en una de mis salidas.

Un rostro que, en lugar de en la noche, ahora veía de día.

Recogí mis bolsas, me cercioré de que podía con el peso, y me di media vuelta.

No la saludé. No le dije nada.

Si me reconoció, no dio ninguna seña de ello.

Era evidente que no quería que le hablara.

9

INSULTO

Dicen que el amor es eterno mientras dura.

Reconozco que, como frase, me llamó la atención desde el principio. La paradoja que encerraba se me escribió de inmediato con tinta indeleble en la memoria. Algo no puede ser eterno y acabar al mismo tiempo, me decía. Así que la categorizaba como un verso fácil, de esos que atrapan, más propio de un título de *selfie* de Instagram que fiel a la realidad. Como concepto, sin embargo, no fue algo que entendí hasta que no lo experimenté en primera persona.

Nuestra historia no cuadró porque, al igual que la mayor parte de ellas, vino escrita con inicio y final. Distintas motivaciones, ideas y compromisos nos llevaron a decidir que nuestras vidas continuasen desenvolviéndose por separado. A día de hoy reconozco que el tiempo que compartimos en pareja constituyen parte de lo que soy. Como cualquier experiencia que se tercie, en realidad. Nuestra historia no cuadró, pero me gusta pensar que, durante el tiempo que duró, ambos la vivimos como eterna.

Recuerdo aquel día con precisión porque fue la primera vez que fuimos juntos al teatro. El título de la obra no lo supe hasta el momento en el que estuvimos delante mismo del edificio: había decidido mantenerlo en secreto para que tuviera un matiz de sorpresa y así pudiera pagarme la entrada.

—Déjame invitarte a algo, hombre, que nunca te dejas.

Y yo, gestionando el recibir una sorpresa mucho peor que la soltura que con la que las daba, me conformé con elegir el vestido de lana que ponerme aquella fría tarde de diciembre. Era ya noche cerrada cuando salíamos de su casa.

—¿No me vas a dar ni una pista siquiera?

El teatro se encontraba en pleno centro de Madrid, a escasos cinco minutos de la Plaza de Callao. Llegamos con media hora de antelación, porque nos previno de mi natural tendencia para el retraso quedando con más de una hora de anticipo. «Hoy no podemos llegar tarde, ¿eh?», sentenció con un beso como respuesta a mi queja por el holgado margen.

Matamos el tiempo apoyados en una esquina del *hall* del teatro, jugando a asignar historias a los desconocidos que poco a poco iban llenando la sala. A cada rostro le dábamos un nombre, un oficio, un pasado y una razón por la que estar ahí. Una costumbre que me había pegado mi madre cuando era niña, cuando me confesó, en la sala de espera de nuestro médico de cabecera, el modo en el que se entretenía cuando le tocaba esperar más de lo previsto.

—No me digas que ese de ahí no tiene cara de ser informático y trabajar para la empresa del padre de su novia. ¿Por qué dirías tú que está aquí?

Fue entonces cuando, entre los rostros desconocidos, la cara de una compañera de mi facultad destacó sobre el resto. Venía acompañada de un chico de mirada clara y uno ochenta y cinco de altura. A nosotros nos lo presentó como un amigo.

—¿Qué haces aquí? ¡Menuda coincidencia! ¿Nosotros? En la fila 3 tenemos los asientos. ¿Nos tomamos algo cuando acabe? Hecho, nos vemos luego.

Y las cañas nos hicieron perder el último transbordo del metro por lo que nos bajamos en Oporto a esperar que llegara el nocturno que nos llevaría a casa. La parada del bus estaba desierta, así que en aquel rincón del barrio encontramos la soledad de la que no habíamos disfrutado en toda la noche.

En momentos así yo sentía que éramos los únicos habitantes del planeta Tierra y que la vida había apretado su botón de pausa, lo tuviera donde lo tuviera escondido. Cualquier distancia entre nosotros era innecesaria, así que la habíamos reducido al mínimo posible que nos permitiera seguir hablando mientras nos mirábamos a los ojos. El murmullo de las palabras que nos dedicábamos era apenas audible a medio metro de distancia. Sentía su respiración en mis labios y las caricias que estallaban al contacto de su mano derecha en mi rostro.

—Pero hombre, no le tengas así, que se muere por besarte. ¡Dale un beso, hombre!

La frase entró en nuestra burbuja e hizo que me girase para detectar su origen. Un coche se había detenido justo delante de nuestra parada como consecuencia del semáforo del final de la calle. El copiloto, con la ventanilla bajada y el codo apoyado sobre ella, era el único rostro visible entre los cuatro integrantes que tenía el vehículo. No superaba los veinte años.

A mí, la frase me pilló desprevenida. Recuerdo que miré a mi pareja con los ojos ingenuos que siempre me han caracterizado. En ningún momento había pensado que mi actitud pudiera entenderse como intencionada. En absoluto me parecía que él quisiera darme un beso y yo se lo estuviera negando. De haber querido, me decía, lo habría hecho sin problema. La distancia entre nosotros se salvaba en un movimiento ligero y él sabía que a mí cualquier minuto del día me parecía adecuado para recibir un beso.

Aun así, para cerciorarme, ladeé levemente la cabeza y le pregunté con los ojos. Él me negó con la cabeza, dándome la razón con la mirada.

—Venga, hombre, dale un beso, no te hagas de rogar.

Y yo, más atrapada en sus ojos que en las palabras del coche, lo hice.

Rodeada del buen humor de la tarde, interpreté la frase como una broma sin importancia. Un comentario de veinteañero que aún vivía atrapado en la adolescencia. Así que, encogiéndome de hombros, decidí seguirles el juego; vencí los centímetros que nos separaban y le rocé los labios.

Y entonces pasó.

—¿Has visto eso? —dijo, dirigiéndose al conductor del vehículo—. ¡Menuda puta!

Menuda puta.

El eco prolongó la frase en el interior de mi cabeza.

Menuda *puta.*

Sentí la bofetada de la palabra de manera instantánea. El golpe no se fue hasta pasada una semana.

El semáforo se puso en verde y el coche arrancó.

Ninguno de los dos tuvo tiempo de decir nada.

10

EL DÍA QUE PUSE UNA DENUNCIA EN LA POLICÍA

—Hola, buenos días. Venía a poner una denuncia.

—¿Qué le ha pasado?

—Me han robado la cámara.

—Siéntese ahí, en seguida le avisamos.

Nunca había pensado que perder un objeto material pudiera doler tanto. Desde que me había dado cuenta de lo que ya no estaba, cuando volvía a casa en el autobús, sentía que mi cuerpo ya solo tenía un brazo. Que una parte de mí se había quedado atrás, en la estación de Venezia-Mestre, y que no la recuperaría hasta que no reuniese el dinero suficiente como para hacerme con otra. La excusa que me doy es que, para mí, la fotografía se había transformado en un nuevo modo de expresión. Y que, por ello, por culpa de un descuido que no me perdonaba, había perdido la capacidad de eternizar detalles y, además, los recuerdos de aquel viaje. Trieste, Ljubliana y el Lago Bled a través de mis ojos, volatizados en el olvido y en la nada. «Por suerte Víctor también hizo fotos», me decía, en un intento infructuoso de consuelo.

—¿No es una casualidad que justo me den vacaciones en el máster la semana de tu cumpleaños? ¡Cógete un par de días en el laboratorio y te tiro de las orejas en persona, anda!

—¿Sí? A mí me haría mucha ilusión, pero ya has venido una vez. Te vas a terminar aburriendo en Padova...

—¿No eras tú la defensora de las casualidades? Nos vamos a pasar el finde a algún pueblo vecino y listo. ¡Si yo lo que quiero es verte a ti!

Así que terminé aceptando. Los meses en Padova se habían transformado ya en rutina, dejando paso paulatinamente a la nostalgia que sentía por mi tierra y por mi gente. La energía de la novedad había desaparecido, cediendo poco a poco espacio al recuerdo de la vida que me esperaba a dos mil kilómetros de distancia. Echaba de menos los detalles a los que tan poca importancia concedía cuando vivía en Madrid: hablar en mi mismo idioma, dar dos besos cuando me presentaban a alguien, lavarme los dientes con mi hermano después de cada cena. Pero, sobre todo y, ante todo, lo echaba de menos a él. Las actualizaciones que hacíamos por teléfono empezaban a antojárseme como insuficientes: quería seguir creando recuerdos a su lado. Así que terminé aceptando porque, me dije, una casualidad así tenía que haberse dado por algo.

—*Signorina,* pase por esta puerta.

La frase me hizo volver al presente del que estaba intentando distraerme. Había decidido no pedirle a nadie que me acompañase en mi terca costumbre de definirme como autosuficiente y porque, en realidad, no quería molestar a nadie. Al fin y al cabo, era una denuncia sencilla, un robo sin trascendencia del que ni siquiera me había dado cuenta mientras sucedía. Un suceso más traumático por la pérdida que me suponía que por el acto en sí. Un evento insuficientemente relevante como para pedir a nadie que viniera conmigo. Y así, aprovechando la media hora que había ganado aquel día en el trabajo, decidí pasarme por allí antes de volver a casa.

Pero
estar allí
sola
imponía.

La seriedad de la comisaría, combinada con el gris del aire y el uniforme oscuro de los *carabinieri,* otorgaba al lugar una solemnidad que, lejos de tranquilizarme, me hacía sentir pequeña. Nada más atravesar la puerta de entrada, la realidad parecía haber arrancado de cuajo la relevancia de mi robo, y luchaba contra el impulso de dar marcha atrás y volver en otro momento. Me daba vergüenza respirar siquiera. El aire allí dentro me parecía más denso que el hierro, y a cada paso que daba sentía que el edificio se doblaba sobre mi persona. Ninguna de las personas allí presentes parecía feliz ni sonreía. Y yo, sin explicación racional posible, sentía que me estaba metiendo en el interior de la boca del lobo.

—Qué bobada. —Recuerdo que me dije—. Si hay un sitio en el que puedes estar segura es este.

En dos pasos me situé al lado del policía que me había sacado de mis pensamientos y le sonreí en un automático impulso de añadir calidez a la escena. Me detuve a medio metro, cediéndole con mi pausa el paso, haciéndole ver que tenía que ser él quien fuera delante para indicar el camino. Sin dirigirme la palabra, se puso en marcha por un laberinto de pasillos y oficinas cuyo recorrido no fui capaz de memorizar en mi primera pasada. A nuestro paso sentía cómo la mirada de curiosos uniformados se me clavaba en el cuerpo; en las piernas; en la espalda. Escuchaba cómo hacían chasquidos para llamarse la atención y se pegaban codazos para centrarla sobre la rubia de ojos verdes que acababa de llegar a la oficina. No era intuición ni sexto sentido, se lo aseguro. Era, más bien, una falta de interés y esfuerzo por su parte para disimular los gestos.

—No debería haberme puesto falda. —Me recriminé, en esa ciega manía de culpabilizar a la que no la tiene.

Mi centinela me acompañó finalmente hasta una sala en la que había dos despachos. Y, tras presentarme al policía que haría mi denuncia y despedirse de mí con un leve movimiento de cabeza, nos dejó solos.

Reparé entonces por primera vez en su persona. Fue el único que me sonrió durante la hora que estuve en el interior de aquellas paredes y, por ende, el único que me cayó bien allí dentro. Su tez clara, sus ojos claros y su cabello claro lo situaban más en el norte de Europa que en el de Italia, pero su inconfundible acento de la ciudad de Venecia servía como el mejor carnet de identidad posible. Su corta edad evidenciaba que no hacía mucho que pertenecía al cuerpo, y sus torpes movimientos que era novato en el puesto. No me sacaría más de dos años.

—¿Nombre? ¿Dirección? ¿Teléfono de contacto?

Comencé a responder de manera automática con mis datos personales mientras sentía cómo, con cada una de sus preguntas, el nerviosismo exacerbado se diluía para dejar paso a un mero estado de alerta latente. Algo similar al alivio comenzaba a ahuyentar la incomodidad que las miradas indiscretas me habían hecho sentir antes. «En media hora estás fuera», me repetía mientras dejaba que mis pensamientos se mecieran en el sonido del teclado al transcribir mis respuestas. La aguja del reloj de la oficina marcaba, en sonido apacible, el paso del tiempo que llevaba allí sentada.

—¿Dónde estabas?

—Bueno, pues... —carraspeé, volviendo al presente, mientras buscaba una postura más cómoda en la silla—. Estaba en la estación de tren de Venezia-Mestre.

Dejó de escribir y frunció el entrecejo.

—¿No eres italiana?

—No, española. El acento no perdona, ¿eh?

—No, no, si hablas muy bien. Es solo que no había notado que eras extranjera hasta ahora, y me ha sorprendido.

Sonreí por lo inesperado del cumplido en una mezcla de vergüenza y orgullo. Antes de que me diera tiempo a decir nada, él había ya vuelto a fijar la mirada en la pantalla del ordenador que tenía delante. Volvió a interrogarme.

—Bueno, pues cuéntame, ¿qué ha pasado?

Así que procedí a relatar con el mayor lujo de detalles una historia que, sabía, no llegaría a ninguna parte. En realidad, todo había sido un descuido de menos de medio minuto. El exceso de bultos del viaje hizo que apoyara la bolsa de la cámara en el suelo el tiempo que me llevaba sacar la cartera de la mochila para pagar el billete de tren de vuelta a Padova.

—¿Pero entonces estabas tú sola?

Víctor estaba en el baño, así que yo cuidaba de lo suyo y de lo mío. A parte de eso, el puñado de personas habitual que toda estación que se tercie tiene en hora punta. Honestamente hablando, dudo que nadie viera nada: aquellos que no tenían la mirada clavada en el reloj y la escasez de tiempo, deslizaban sus ojos a lo largo de las pantallas de sus *smartphones*. Nada que se pueda culpar, en un mundo de ruido y prisas.

—¿Y cómo fue, entonces?

Fueron menos de treinta segundos, quizá incluso menos. El tiempo que me llevó sacar la tarjeta, meterla en la máquina y esperar a que se imprimiera nuestro pasaje de vuelta. Pero para cuando hube terminado la operación y me dispuse a recoger nuestro equipaje, el número total de bultos había disminuido en uno.

—¿Y no notaste nada extraño?

No. En absoluto. No me di cuenta de lo que faltaba hasta que no pasaron veinte minutos y yo ya estaba en un bus, de vuelta a casa.

—Vale, pues ya casi estamos, falta que me digas...

—*Signore Pettenon, cosa sta facendo qua?!*

Un hombre que superaba los cincuenta irrumpió de golpe en la sala abriendo la puerta de un portazo. Su entrada me pilló desprevenida, provocándome un respingo. Observé cómo una mezcla de temor y respeto se había contagiado también a la piel de mi interlocutor. Su repentina palidez y su posterior tartamudeo evidenciaban que, además de ser su superior, este hombre le inspiraba miedo.

—Disculpe, *signore*, estoy... estoy terminando la denuncia de la *signorina*, en un minuto acabo.

—Tiene que marcharse a cenar inmediatamente. —Continuó su superior, sin girarse a mí siquiera.

—Pero.... *signore*... puedo acabar esto y así dejo la denuncia hecha.

—¿Me está llevando la contraria, *signore* Pettenon?

—No, no, lo que digo es...

—Repito, ¿me está usted llevando la contraria?

—No, *signore*.

—Pues váyase usted a comer, que ya me encargo yo de la *signorina*.

La conversación me produjo impotencia y rabia. Siempre me han generado rechazo las personas que demuestran concienzudamente su situación de poder, y cuando se hace en el ámbito laboral, además de aversión me producen asco. Lo siento casi como patología, más que como defecto. Esa manía exacerbada que tienen algunos de recordar al subordinado su papel de subordinado me produce arcadas. «Estará intentando dejar claro al nuevo quién manda en la comisaría», pensé entonces. El carácter autoritario de aquel hombre se había ganado ya mi adversidad, sin necesidad de mediar palabra alguna conmigo.

—*Signore* Pettenon.

—¿Si, *signore*?

—Cierre la puerta cuando salga —dijo, sin girarse al dirigirle la palabra.

Y así, tras asentir con la cabeza y entornar la puerta tratando de hacer el menor ruido posible, el policía abandonó la sala y yo me quedé sola con aquel cincuentón al que ya odiaba. Me gustaría decir que solo sentía rabia, pero mentiría de no confesar que su forma de hacerse respetar había transmitido también miedo a mi cuerpo.

Fue en ese momento cuando se giró por primera vez a mi persona y me dedicó una sonrisa que no me esperaba.

—Buenos días, ¿cómo se encuentra? Me han comentado que necesitaba realizar una denuncia, ¿verdad? —La metamorfosis que su actitud había experimentado, así como la forzada amabilidad de sus gestos, lo convertían en un hombre incompatible con el de la escena que acababa de protagonizar. Por suerte, el estridente recuerdo de su voz, que aún llevaba incrustado en el tímpano, imposibilitaban que pudiera olvidar lo que apenas había pasado.

—Sí, así es —respondí, forzándome a pensar ingenuamente que aquello tenía que ver más con Pettenon que conmigo.

—Bien. Acompáñeme a mi despacho, entonces.

Me mostró la dirección a seguir con los ojos a la par que alzaba su mano derecha, invitándome a pasar delante. Yo tragué inconscientemente saliva, recogí mi mochila del asiento y pasé a su lado tratando de dejar entre nosotros tanto espacio como la disposición de la sala nos permitiese. Confieso que por un momento temí que pudiera tocarme, aunque fuera en forma de una sencilla palmada sobre la espalda, pero yo tenía muy claro que quería evitar cualquier tipo de contacto con él, así que marqué distancias y apreté el paso, intentando alejarme cuanto antes.

El tamaño de su despacho era acorde al cargo que parecía ocupar allá dentro. Según entramos, dio la luz, pasó al otro lado de la mesa y se acomodó en un asiento reclinable mientras encendía su ordenador. Yo me quedé de pie, sin saber ni atreverme a moverme. «Tranquila —me decía—, cuanto más rápida seas, antes sales de aquí». El aire se había condensado, recuperando la densidad que poseía al inicio.

—Siéntese. ¿Está usted cómoda?

—Sí —contesté, sin dar pie a ningún tipo de conversación.

—Bien, bien... pues vamos a ir empezando con esto... A ver si recuerdo exactamente cómo se hacían las denuncias, que desde que nos han cambiado el *software*... Veamos... ¿Cómo se llama?

«Ya he dado toda la información a su compañero, gilipollas» —respondí mentalmente, mientras oía cómo mi voz pronunciaba mi nombre.

—¿Y vive aquí, en Padova?

—Sí, en la calle... —comencé, pero me interrumpió antes de que pueda terminar la frase.

—Porque usted es española, ¿verdad?

—Sí.

—Vale. Si tiene cualquier tipo de problema al seguir la conversación o no entiende algo de lo que le digo, dígamelo y se lo repito sin falta. *Va bene?* —dijo, con una lentitud innecesaria.

—No se preocupe, me manejo bien en el idioma.

—Solo lo digo para serle de ayuda, que a mí siempre me han dicho que hablo muy rápido —rio de lo que, entendí, había pretendido ser un chiste—. ¿Por dónde íbamos? ¡Ah, sí! ¡Su casa! ¿Dónde vive, entonces?

Le di mi dirección a regañadientes, concentrándome en el marco estrictamente profesional que nos unía.

—¡Bueno! Eso está muy cerca de aquí, ¿no? Vamos, que se puede ir andando y todo.

El matiz personal que caracterizaba esta segunda entrevista, en comparación con la primera, hizo que mi incomodidad creciera a cada segundo que pasaba. «Limítate a responder a la información que te pide. No queda ya mucho. Cuanto antes te puedas ir, mejor», me seguía repitiendo.

—Bueno, a ver, cuénteme, ¿qué ha pasado?

—Pues verá, yo estaba en la estación central de Venezia-Mestre volviendo de un viaje. Habíamos llegado en bus y teníamos que hacer transbordo en tren, así que fui a comprar los billetes cuando... —Procedí a relatar de nuevo el suceso ocurrido, tratando de emplear en esta ocasión menos palabras para intentar ahorrar en tiempo. Mientras hablaba, mi interlocutor, en lugar de transcribir mi historia, se había cruzado de brazos y había clavado sus ojos en mi persona. Parecía entretenido en el mero hecho de mirarme—. ¿No escribe? —le increpé, finalmente.

—Uy, sí, perdone... Me había despistado. —Se incorporó sobre el ordenador y comenzó a teclear mi relato—. Vale, entonces, usted estaba en la estación, y mientras compraba los billetes se despistó un segundo y fue ahí cuando cree que la robaron, ¿verdad?

—Exacto.

—Pero no notó nada en el momento, ¿verdad?

—No, no me di cuenta, pero estoy segura de que fue entonces.

—Entonces, ¿le causaron algún mal? ¿Hubo algún forcejeo?

—No, no. No me hicieron daño alguno. Ya le digo que no me enteré siquiera —repetí, de manera secante.

—Menos mal, es que eso no me lo habría perdonado nunca.

Fruncí el entrecejo, repasando mentalmente el italiano de la frase que me ha dicho. La frase no dejaba espacio a errores en la traducción, por lo que el matiz personal de la conversación empezaba a transformarse en aire irrespirable. Él, ajeno o indiferente a mi incomodidad, continuó escribiendo en el ordenador sin mirarme.

—¿Y qué le robaron exactamente?

Carraspeo, esforzándome por acabar la denuncia cuanto antes.

—La cámara con el objetivo, dos tarjetas de memoria y la batería.

—¿Qué objetivo era? Es que yo de fotografía entiendo un poco.

—Un 18-200 mm.

—Guau... tiene pinta de caro, ¿no?

—Sí.

Él se puso a transcribir la información que acababa de contarle. Por la comparación con la anterior denuncia deduje que faltaba poco para acabar, y el hecho de que el policía se pusiera a repasar lo que había escrito no hizo más que confirmar mis sospechas. Respiré aliviada aventurando el fin de la situación y repitiéndome que al final no había sido para tanto.

—Oiga, ¿e iba usted sola o le acompañaba alguien? —dijo, rompiendo el apacible silencio en el que nos habíamos envuelto.

—Estaba con un amigo, pero él tampoco se dio cuenta de nada.

—¿Amigo o *follamigo*?

La palabra se quedó suelta en el aire.

¿Follamigo?

Repasé el italiano de la expresión, que no daba pie a dudas, pero la incredulidad de la situación me hizo cuestionarme si quizás no había entendido bien el mensaje.

—¿Perdón? —respondí sin dar crédito.

—Nada, nada, eso es una palabra en italiano que probablemente no conozca —rio, queriendo quitarle hierro al asunto—. Y no puedo ser yo quien se la enseñe. Digamos que es un término empleado para... bueno, no tiene importancia... Es que, permítame que le diga que resulta un poco difícil de creer que una joven de tan buen ver tenga un *amigo* con el que se va *de viaje* y que sea *solo amigo*.

Mi cuerpo perdió cualquier capacidad de reacción posible. Estaba allí sentada, escuchando el eco de sus palabras en mi cabeza a la par que me esforzaba por encontrar una traducción diferente a su mensaje. Era un intento estúpido de transformar la situación en la que me encontraba en una diversa, porque había entendido perfectamente el significado de sus palabras, pero no quería aceptarlas. Quería dedicarle alguno de los insultos que vienen ahora a mi cabeza cuando pienso en la escena, pero la incredulidad había vaciado mi voz y bloqueado mi garganta.

—¿Quiere añadir algo más?

Volví al presente.

—¿Cómo? —oí que preguntaba.

—Sí, la denuncia ya está hecha. Me falta imprimirla y ya la tiene, a no ser que quiera añadir algo más, claro.

Me esforcé por recordarme el lugar en el que estaba, el objetivo que tenía y el motivo que me había llevado allí. Estaba a un paso de salir de aquel lugar, estaba a punto de volver a mi casa, pero había algo que aún me faltaba por consultar.

—Eh... sí —respondí mientras buscaba con mi mano la mochila, en un intento de ahorrar tiempo para abandonar aquel lugar en cuanto terminase la conversación—. Quería preguntarle si hay algún modo de recuperar las fotografías. He estado leyendo en Internet que a veces las devuelven y quería saber si... —Resultaba increíble que, siendo tan cara la cámara, el mayor dolor me lo provocara la pérdida de las imágenes tomadas durante aquel fin de semana.

—¡Uy! ¿Y ese interés por las fotografías? —me preguntó, entornando los ojos y sonrió de un modo cuyo recuerdo me provoca incondicionadamente asco.

—¿Disculpe?

—Sí... no sé... Un poco *sospechoso*, ¿no le parece? ¿Qué pasa? ¿Es usted una chica traviesa? ¿Ha estado haciéndose fotografías que no quiere que nadie más vea?

Me levanté del asiento de un golpe, presa de una ira que había sentido en muy pocas situaciones. Recogí la mochila, apoyada en el suelo, y abrí la puerta, sin girarme, mientras mis labios dejaban escapar un «Le espero fuera» que escupí más que pronuncié. A mis oídos llegó un «Signorina, ¡no se vaya!» que quedó en el aire, sin respuesta.

—Cómo sois las mujeres. —Oí que decía, antes de que su voz se perdiera en la distancia—. No se os puede hacer una broma siquiera...

11
LA HISTORIA DE ANNA

Hay historias que se te quedan atrapadas tras la retina más tiempo del saludablemente recomendable. Imagino que es porque, una vez que entran en tu cabeza, por el motivo que sea, sencillamente se niegan a salir. Una vez que sus palabras conocen el calor de un oído abierto, se niegan a regresar al frío del aire no escuchado. Son historias tejidas por la frustración, enlazadas por la miseria, escritas por el ruin color de la injusticia. Historias que arrastran tras de sí un golpe en el estómago y el sabor de bilis en los labios por constituir en verdad una simple y mera descripción de lo real. De lo que ha ocurrido. De lo que ha pasado. Historias que encuentran en la mente abierta una casa y que lo menos que merecen es el no ser ignoradas.

La historia de Anna pertenece, sin duda, a esta categoría.

A Anna la encontramos apoyada en el muro de una gasolinera de las afueras de Treviso, vistiendo minifalda y blusa escotada y con el pelo exageradamente liso. Cuando llegamos estaba hablando por teléfono, pero ante la pregunta no formulada de la *Operatrice*, nos hizo un gesto con la mano pidiéndonos amablemente que esperásemos. Era evidente que necesitaba hablar. La luz blanca del fluorescente de la gasolinera confería a la escena un matiz de película. El motor de nuestro coche como único sonido que callaba el silencio de la noche.

—*Ciao bella, come stai?*

La albanesa se acercó a nuestro lado tras acabar la conversación de manera tajante, y en menos de dos pasos transmutó la seriedad de sus ojos en una sonrisa cansada de apariencia sincera. Serían algo más de las doce. El calor de un junio incipiente acompañaba la noche, eliminando el regresar a la furgoneta como incentivo para evitar el frío.

—Todo bien, ¿y tú? Hacía mucho que no te veía. Mira, te presento a mi compañera, que creo que no la conoces.

La *Operatrice* extendió el brazo en mi dirección, invitándome a dar un paso al frente. Yo lo hice. Ella se giró hacia mí y me dedicó una mirada entrecerrando los ojos y frunciendo el entrecejo, intentado en balde hacer memoria por recordar mi rostro.

—No, creo que no nos conocíamos —añadió negando levemente con la cabeza—. Me llamo Anna, encantada.

Y yo, con un torpe movimiento de manos, pasé a sujetar el termo con la mano izquierda, agarrándolo con más fuerza de la necesaria para evitar que se cayera, mientras le ofrecía la derecha para estrechársela con firmeza. Ella sonrió mi lentitud con los ojos.

—¿Qué tal todo? ¿Dónde está tu hermana? ¿Está en casa?

Y con esa pregunta, la *Operatrice,* que siempre que había visto a Anna lo había hecho en aquella misma esquina, en compañía de su hermana mayor, desató el volcán de palabras que la albanesa estaba deseando depositar en alguien. Un volcán que se habría iniciado de todos modos, porque a los ojos relucía la imperante necesidad que aquella joven sufría.

—Ay... si yo te contara... —Una niebla de angustia quebró su voz y empañó sus ojos, que aun así permanecieron secos, fuertes, tenaces, inhabitados por lágrima alguna durante todo el tiempo que el relato duró—. Si yo te contara... —repitió, mientras negaba, abatida, con la cabeza.

La *Operatrice* dio un paso en su dirección, tratando de reducir la distancia que las separaba, pero concediéndola espacio suficiente para que se sintiera cómoda.

—Cuéntame, ¿qué ha pasado?

Ella se retiró un mechón de pelo de la mirada con notable angustia y suspiró sonoramente antes de fijar sus ojos en nosotras.

—Se la han llevado a la cárcel. —Soltó por fin.

El silencio se hizo.

«¿Cómo?», escuché que mi mente preguntaba, a la par que intentaba atribuir su falta de entendimiento al idioma a pesar de que la palabra *carcere* dejaba poco espacio a la duda.

—¿Cómo? —La *Operatrice* puso la pregunta en voz—. ¿Tu hermana está en la cárcel?

Anna se llevó la mano a la frente mientras se concedía el lujo de cerrar los ojos por un segundo. Con el otro brazo se sujetaba el codo, fabricando así una débil estructura con la que sostener el peso de su cabeza y de la situación que tenía encima. Su imagen era la viva representación del abatimiento y el desánimo. Una estatua a la desesperación hecha de carne, alma y un puñado de huesos. Finalmente asintió, y antes de retirar su mano del rostro se frotó con ella los ojos con un gesto similar al que hace cualquiera que se lava la cara al despertarse.

—Sí... se la llevaron hace una semana.

—Pero, ¿a la cárcel? —La *Operatrice* seguía resistiéndose a aceptar la realidad del mensaje.

—Sí, sí, que te digo que está en la cárcel. —Una metralla acelerada de palabras salió entonces de los labios de Anna—. Desde hace una semana. Y tiene por lo visto para seis meses y un día.

Que mira, que yo nunca he entendido lo de «nosequé tiempo y un día», pero bueno... que es lo que hay, que hay demasiadas cosas que no entiendo. Pero claro... es que es un problema, joder, porque ahora dime tu qué hago con sus hijos. Si yo ya tenía el mío y con eso ya tengo problemas para tres vidas. Y es que, de verdad, es que no tiene cabeza... Si yo ya se lo dije... Se lo dije en su día y lo vuelvo a decir ahora... Pero no sé, ahora, después de diez años... Chica, yo es que no entiendo nada... Es todo muy extraño.

La *Operatrice* la agarró del antebrazo en un gesto que buscaba reconfortarla.

—A ver, cuéntame desde el principio, que no me estoy enterando de mucho. ¿Qué ha pasado?

Anna respiró hondo e intentó poner orden en sus pensamientos.

—Tú sabes que Antonela vino a Italia hace ahora unos diez años, ¿no?

—Sí, sí, me acuerdo... Me suena que vino con su marido, ¿no?

—Sí, bueno, exmarido. —Hizo una pausa—. Imagínatelos, una pareja de novios que no supera los veinte que llega al «país de las promesas». —Remarcó las palabras, haciendo notable su ironía—, con la convicción de que la pobreza es algo ya parte del pasado.

—Sí… Me puedo hacer una idea...

—Bueno, pues tras encontrarse con la realidad cara a cara terminan decidiendo que robar aquí y allá puede ser una buena estrategia para sobrevivir. ¿Tú te lo puedes creer? Hay que ser gilipollas, ¿eh? —dijo, remarcando la palabra—. Que luego me dicen que me calle, que no tengo idea de nada, que soy la pequeña, pero es que, de verdad, a quién se le ocurre, de verdad, a quién se le ocurre… —Negó repetidamente con la cabeza—. Así que nada, durante algunos meses mi hermana y su querido exmarido realizaron una serie de robos por los que terminaron acabando en comisaría.

—Pfff... sí, me suena que esto me lo contaste hace tiempo.

Anna se cruzó de brazos, incapaz de ocultar el enfado que la situación le provocaba. El disgusto se le expresaba en un movimiento continuo y veloz de la pierna derecha mientras que sus ojos miraban de reojo los coches que atravesaban de cuando en cuando la carretera que teníamos a nuestras espaldas, en busca de posibles clientes.

—Pero yo de verdad que lo que no entiendo es por qué eso surge ahora. Y mira que yo en su día ya le dije que no me parecía nada bien y que se estaba buscando problemas sin necesidad, ¿eh? De verdad, que a veces parece que soy yo la hermana mayor, joder. Y eso que yo por aquel entonces aún estaba en Albania y era una mocosa de catorce años, ¿sabes? Pero vamos, no hace falta ser un adulto para saber que hay cosas que es mejor evitar.

—Ya, está claro... —Hizo una pausa—. Pero entonces, ¿qué pasó exactamente, y por qué después de diez años...? —La *Operatrice* intentó reconducir la conversación, pero el profundo resentimiento que Anna sentía la interrumpió antes de que consiguiera terminar la frase.

—¡Pues eso mismo digo yo! ¡Que por qué surge ahora esto después de diez años! Joder, si es que no tiene sentido. Porque resulta que ya por aquel entonces le habían dado la sentencia, pero en ese momento no hicieron nada más...

—¿Cómo que no hicieron nada más?

—No sé, chica, yo es que no entiendo mucho y no sé hasta qué punto me oculta cosas mi hermana. Pero lo que sé seguro es que no ha estado evitando a la policía en absoluto, que ha habido muchos momentos en los que le han pedido documentación, en las fronteras cuando iba y venía a Albania, o cuando estaba aquí mismamente... Y en ningún momento mencionaban nada de aquella sentencia ni nada... Y ahora, de repente, llega la policía y le viene con estas. Y en menos de seis horas vienen a casa y hala, a la cárcel.

La *Operatrice* no daba crédito.

—Pero vamos a ver, ¿cómo que en menos de seis horas...?

Anna interrumpió de nuevo. Se notaba que las palabras llevaban demasiado tiempo encerradas en el silencio y anhelaban ser por fin pronunciadas, así que se pisoteaban unas a otras, empujándose al salir de sus labios, sacrificando en aquella lucha parte del sentido del discurso.

—Que sí, que sí, que ha sido todo cuestión de horas. Y ahora dime tú qué hago con sus hijos metidos en mi casa. Menudo problema, de verdad, menudo problema... Como si mi chico no tuviera ya problemas al tener que aguantar al mío. Pero claro, ¿qué voy a hacer? ¿Les dejo solos? Mis padres están demasiado mayores, no se pueden hacer cargo de dos criaturas de seis y ocho años... Y, además, que yo no quiero darles ningún disgusto... Vamos, solo faltaba. Si ni siquiera saben lo que hacemos aquí, como para venirles ahora con la historia de que su hija mayor duerme entre rejas. Menudo problema, de verdad... Menudo problema.

La *Operatrice* escuchaba en silencio; sus cejas, demasiado alzadas, denotando sorpresa. La parte racional de su cerebro luchaba por permanecer inmune a la carga emocional de la situación y seguir esforzándose por reconstruir la historia de la joven. Yo asistía a la escena, totalmente incapaz de pronunciar palabra alguna.

—Entonces la semana pasada llegó la policía a vuestra casa y... —Tras haber percibido la mecánica de la conversación, decidió pronunciar la frase lentamente con el objetivo de provocar otra interrupción por parte de Anna. Detestaba cuando el diálogo se sucedía como un continuo intercambio de preguntas y respuestas porque su trabajo, decía, era establecer conversaciones, no interrogatorios. Odiaba extraer información a base de preguntas; prefería hacerlo a base de silencios.

—... Y se la llevó a la cárcel. Fue un visto y no visto, te lo juro. Al parecer, por la mañana, la policía la había parado y le había preguntado no sé qué, y al ver su nombre en el registro le dijo que tenía una sentencia pendiente o algo así. Yo esto lo sé porque me lo contó al medio día, ¿sabes? Pero no creas que le dio mucha importancia, simplemente me lo comentó y pasó a otro tema. Y ante la cara de preocupación que debí de poner en el momento me dijo que no había nada de lo que preocuparse, que estaba todo solucionado, que no había problema. Y claro, ¿qué iba a hacer yo? Pues teniendo en cuenta que era algo del pasado me dije de no darle más importancia y seguí a lo mío.

—Entiendo... Y luego por la tarde...

—Sí, eso. Luego por la tarde se presenta un coche de policía en nuestra casa y llaman a la puerta dos hombres uniformados con una orden de detención para mi hermana. Y en un momento... —Finalizó la frase con un chasquido de dedos mientras negaba con la cabeza, taciturna—. Y de todo esto hace ahora una semana.

—Madre mía, Anna... pero no es posible...

—Eso me decía yo al despertar al día siguiente, pero vaya si lo es. Por suerte los niños estaban en el colegio a esa hora, que sino imagínate el panorama...

La *Operatrice* negó con la cabeza.

—¿Y el exmarido?

—¿Ese? —Hizo una sonora pedorreta de desprecio a la par que agitaba en el aire su mano derecha—. No se sabe nada de él desde hace cuatro años. Y casi que mejor, porque la que dio con la separación no tiene nombre...

—¿Entonces...?

—Entonces nada. —Anna mantenía los brazos cruzados, que solo movía cuando necesitaba gesticular con la mano derecha—. Pues está desaparecido y lógicamente nadie va a ir en su búsqueda y captura para que cumpla una sentencia menor que tiene más de diez años.

—Pero bueno... ¿Y el abogado? Porque esto se lo tenéis que contar a un abogado, que no sé hasta qué punto conseguirá algo, pero necesitáis una defensa a nivel legal...

Ella la interrumpió antes de que acabara.

—Pues por eso estoy aquí. Otra vez en la calle. Que el abogado no se paga solo.

El silencio se hizo de nuevo. La *Operatrice* permaneció callada unos segundos, frunciendo el entrecejo, mientras que su mente se esforzaba por desenterrar un recuerdo. Parecía estar intentando organizar su memoria, tratando de enlazar historias con nombres de mujeres concretos. Parecía estar visitando la carpeta mental en la que guardaba la información de Anna, y quería asegurarse de que no había ningún error de clasificación antes de transformar la duda en palabras.

—Pero vosotras... —dijo finalmente—. Vosotras queríais salir de esto, ¿no?

La realidad me golpeó de pronto.

Por toda respuesta Anna asintió con la cabeza a la par que se llevaba de nuevo las manos al rostro para frotarse con enfado y amargura los ojos.

—¿No… no estabais pensando en montar un bar?

Anna clavó la mirada en sus ojos.

—¿Pensando? —reprimió una carcajada cargada de sorna que había empezado ya a formarse en sus labios—. Si lo teníamos ya hecho. Habíamos conseguido los ahorros suficientes para empezar, habíamos mirado sitios, nos habíamos informado de los pasos a dar... llegué incluso a contactar al novio de una amiga, un tal Daniel, que controla del tema y conocía varios locales. Nos habíamos decidido a salir de la calle. Que no fue fácil, ¿eh? Porque entrar es una cosa, pero marcharse... Marcharse no es tan sencillo. Pero es que un día te levantas y decides que se acabó.

Porque la rutina muchas veces no te deja ni pensar, más que nada porque no hay otra opción, ¿sabes? Porque entras en el día a día y no paras y pensar es un lujo caro que te puede acabar tendiendo una trampa. Lo mejor es dejarse arrastrar por el paso de los días, ¿entiendes? Sin pensar. Sin plantearte nada. Pero yo había veces que no podía, sobre todo cuando veía a mi hijo. Porque tenía que haber otras opciones, me decía, pero cuando estás dentro es muy difícil tener alternativa, hay muchas presiones... Es difícil entenderlo desde fuera, lo sé. Pero lo habíamos hecho, ¿sabes? Habíamos decidido que nuestros días en la calle estaban contados, que había un punto y final para estas noches. Y habíamos conseguido los ahorros, habíamos mirado distintos sitios... Hace diez días... —resopló, presa de la rabia—. Me había llamado el chico este, el Daniel *nosecuantos*, diciendo que ya había encontrado un lugar, que el alquiler era bastante barato, que la mayoría de los muebles estaban en buen estado por lo que no necesitaríamos hacer grandes cambios... Pero nada. Se ha ido todo a la mierda. Porque mi hermana no tuvo cabeza y ahora tenemos que pagar todos por ello. Y aquí estamos.

En aquel momento, alguien detuvo el tiempo. Yo seguía allí, eterna observadora de una escena que me habían regalado, callada y atenta, ofreciendo en mis silencios el apoyo que mis palabras no encontraban. Ellas seguían allí, en un diálogo de dos que se desarrollaba y crecía indiferente a mi persona. Pero de repente se habían parado. De pronto permanecían quietas, inmóviles, atrapadas en una pausa eterna por un botón que alguien debía de haber pulsado. El único movimiento de la escena lo producía el traqueteo de mis pensamientos. Se escuchaban. Se sentían. Las ideas me mecían y me hacían girar de un lado a otro. Me revolvían. Me zarandeaban. Demasiada información a procesar por una mente que contaba con tan poca experiencia.

—Anna es albanesa. —Las ideas decidieron condensarse en oraciones simples, de sujeto, verbo y complemento, intentando así facilitar su comprensión y hacer más digerible su mensaje—. Tiene un hijo y dos sobrinos. Tiene un novio. Es prostituta y tiene novio. Es prostituta y tiene un hijo. Es madre y tiene novio. Es novia y tiene un hijo. —El eco de las palabras alargaba en mi mente las últimas sílabas de cada frase, haciéndolas tropezar con el inicio de las siguientes—. Habla un italiano perfecto. Su hermana cometió varios robos hace ahora diez años. Su hermana estaba casada. Su hermana tiene dos hijos. Su marido cuenta ahora con un nuevo prefijo. Nadie sabe dónde se encuentra. Su hermana está en la cárcel. Querían salir de la calle. Necesitan un abogado. Querían abrir un bar. El dinero no nace solo. Querían dejar la prostitución. Querían montar un negocio. Querían iniciar un sueño. Querían empezar de cero. Pero su hermana está en la cárcel y ella ha vuelto de nuevo a la calle.

Desperté por un amable codazo que alguien me brindó en el antebrazo. Miré a mi izquierda. Volví al ahora. La *Operatrice* me devolvía al presente con un suave golpe.

—Dale seis, anda.

Mi mano reaccionó antes que yo y rebuscó durante unos segundos antes de sacar del bolso un puñado de preservativos. No los conté y extendí la mano.

—Aquí tienes.

La despedí forzando una sonrisa. La *Operatrice* le dio un abrazo.

—Para cualquier cosa nos llamas, ¿vale? Tienes nuestro teléfono, ¿no?

—Sí, sí.

—Mucha fuerza —dijo ella.

—Gracias.

Nos dimos media vuelta y caminamos tres pasos hasta alcanzar la furgoneta. Con suerte, pensaba, un puñado de clientes la visitarían esta noche. Un puñado de hombres que por un par de billetes se sentirían con el derecho de ver sus *necesidades* saciadas sin saber que es el precio que ella paga por ver las suyas cubiertas. Ella ***necesita*** contratar un abogado y ellos *necesitan* disfrutar de sexo barato. Unas necesidades que ella no elige y que ellos crean. Un puñado de hombres ignorantes intencionados de su historia rota. Encerrados en su egoísmo. Centrados únicamente en su más mísero hedonismo.

Abrí la puerta trasera del coche. El Conductor y la Otra Voluntaria hablaban, ajenos. La *Operatrice* y yo entramos en silencio. Me senté, ausente al momento, e hice por acomodarme en el asiento. Dejé el termo en el suelo mientras buscaba el cinturón de manera automática, más por hacer algo con las manos que por verdadera preocupación por mi seguridad en el caso improbable de accidente.

El coche se puso en movimiento. El Conductor dio al intermitente para incorporarse a la carretera y miró por el retrovisor durante un par de segundos para asegurarse de que no venía ninguna otra persona. El sonido de la luz que parpadeaba llegaba, ajeno, a mis oídos, acompañado de una conversación cuyas palabras no sentía. Tras la rutinaria comprobación, iniciamos con lentitud la marcha. El reflejo de la gasolinera empequeñecía paulatinamente en el retrovisor.

No me giré por última vez.

A nuestras espaldas dejábamos una vida con desenlace miserable y una historia que me prometí poner en palabras.

El fluorescente del techo como tenue punto de luz en la oscuridad de la noche.

12
EL CLIENTE

Mentiría si dijera que, durante el tiempo que colaboré con la asociación Mimosa, fui capaz de mantenerme libre de juicio ante la existencia del cliente. Que logré ser indiferente a su figura y procesarle como un elemento más del escenario en el que nos movíamos. Que conseguí empatizar con él como una persona también presa de sus circunstancias. Que llegué a mirarle sin una culpa inquisitoria taladrada en la mirada. Es más. Mentiría si dijera que soy capaz de hacerlo a día de hoy.

Sé que no debería. Soy consciente de que quebranto con esta actitud una de las normas de la asociación que me dieron como fundamentales desde antes incluso del curso de formación, pero no sé cómo hacerlo ni, en realidad, tengo voluntad para ello. La figura del cliente me produce ardor de estómago del grado de indigestión que le atribuyo a su persona y poco hay que pueda hacer para evitarlo.

El motivo es, a decir verdad, bastante sencillo: me resulta imposible no representármelo como la rueda del engranaje que mantiene la espiral por la que las prostitutas existen. Un individuo que, desde la libertad que le otorga el disponer de dinero, decide salir de noche a cubrir un capricho que bautiza, irónicamente, como *necesidad. Necesidad.* Perdónenme que me ría. Necesidad es la que te empuja fuera de tu país, de tu gente, de tu tierra. Necesidad es la que te mete en una barca para cruzar el Mediterráneo con mínimas posibilidades de supervivencia. Necesidad es la que te hace salir de madrugada en tirantes y sin chaqueta. Necesidad es estar obligada a cubrir una deuda de la que no te habían jamás avisado. Necesidad es tener que pagar facturas y no tener más opción que el de ser una puta.

Lo suyo no es necesidad.

Lo suyo es *apetencia.*

El ser humano y su capacidad de pintar de eufemismos una versión podrida de egoísmo.

Irónico que la palabra *puta* sea insulto y la suya no, ¿verdad?

El cliente.

La figura a quien dirijo, transformada en culpa acusadora, la frustración y la injusticia que experimenté en primera persona durante todos aquellos meses. Una frustración y una injusticia que a día de hoy aún me siguen cuando bajo la guardia, cuando camino sin cubrirme las espaladas. Si me volteo y miro por detrás de mi hombro, no están, pero se sienten. Poco importa el tiempo ya transcurrido. El eco de sus pasos aún se enreda en mi tímpano. Su aliento aún me enfría la nuca. Sus pasos aún siguen mi rastro. Oscuros. Penetrantes. Vacíos. Como una sombra fugitiva.

Es por él por el que ellas existen.

Es la razón última de sus noches de madrugada.

El egoísmo de su existencia transformada en necesidad y en miseria.

—*Ciao, buonasera. Vuoi un po' di te?*

La puta no existiría si no fuera por quien paga por ella.

—*Fa freddo oggi, eh?*

La noche era fría y carente de estrellas.

—*C'era un sacco di tempo senza vederti. Come va tutto?*

La joven nos sonrió desde el momento mismo en el que habíamos bajado de la furgoneta. Un leve giro de cabeza que desplazó su mirada de la pantalla del móvil al vehículo en el que llegábamos, le sirvió para confirmar sus sospechas: no traíamos dinero, pero ofrecíamos galletas. Se levantó del poyete en el que pasaba la noche con un gesto cansado y guardó el teléfono en el bolsillo trasero de sus pantalones. Aprovechó el tiempo en el que vencíamos la distancia que nos separaba para frotarse las manos y echarse algo de aliento sobre ellas.

—Hace frío, ¿verdad?

La *Operatrice* utilizó el gesto para establecer el punto de inicio por el que empezar a hablar. Ella le dio un abrazo y un par de sonoros besos en señal de saludo. A mí me estrechó la mano.

—Tantísimo... Qué ganas de que llegue la primavera. —Un hilo de vaho acompañó las palabras mientras salían de su boca, antes de que se disolvieran en el aire, propagándose en todas las direcciones.

—Ya verás como con un poco de té entras en calor. ¿Quieres galletas también?

La *Operatrice* extendió un brazo hacia mí ofreciéndome uno de los vasos de plástico que yo tomé con la menor torpeza que mi persona garantizaba. Dediqué toda mi atención a ir llenando de té el recipiente mientras escuchaba cómo ellas comenzaban a entablar una conversación que no procesé hasta que no hube terminado. A medida que el líquido ascendía, el calor del mismo atravesaba el plástico acariciándome la mano.

—Aquí tienes —dije una vez hube acabado. Ella cogió el vaso con ambas, más por vencer el frío que porque tuviera sed, y me dedicó una sonrisa a la par que volvía con los ojos al diálogo que mantenía con la *Operatrice.*

—¿Pero por qué habéis discutido?

—Me quiere echar de la habitación y no tengo dónde irme.

—¿Y eso? ¿Te has retrasado con los pagos?

—De eso nada, que siempre soy la primera en hacerlo —diciendo esto detuvo el discurso en una pausa que aprovechó para sacarse un cigarrillo del paquete que guardaba en el bolsillo derecho. Sosteniendo el té en una mano, y con una maestría que no sería capaz de imitar, cogió un mechero con la otra y le prendió fuego al mismo. Le dio un par de caladas antes de continuar hablando, generando un silencio que la *Operatrice* decidió respetar—. Me he quedado sin *Permesso di Soggiorno.*

Ella abrió los ojos entendiendo. A mí el concepto me era desconocido, pero la traducción literal que mi italiano hacía del mismo («Permiso de estancia») me hacía entender la utilidad del mismo.

—Pero, ¿cómo te has podido quedar sin él? ¿Lo has perdido?

Ella dio otra calada antes de responder y desvió el humo hacia un lado torciendo un poco los labios. El agobio del rendido suspendido en su gesto.

—Se me ha caducado.

—¿Y entonces?

—Entonces nada. Estoy jodida. —Una angustia apagada impregnaba cada una de las sílabas, propia del que se sabe en una situación difícil, desconoce la solución a la misma y carece de fuerzas para ponerse a buscarla—. De momento estoy intentando convencer al propietario de mi apartamento de que no me eche, pero él se agarra a que sin ese documento mi estancia aquí es ilegal que si le pillan le pueden meter un buen puro.

La *Operatrice* alzó las cejas y resopló sonoramente sin pretenderlo.

—Es una mierda... Porque se supone que con un contrato de trabajo la renovación del...

Ella la interrumpió antes de que terminase.

—Ya. Pero esto no es un trabajo.

—Lo sé... —respondió resignada—. Lo planteaba solo porque de haber otra opción que pudiera...

—¿Y tú crees que yo estaría aquí de tener otra opción? —Dio otra calada y continuó antes de que la *Operatrice* pudiera hacerlo—. Perdona si te sueno borde, es solo que no sé cómo voy a salir de esta, ¿sabes? Lo cosa es que... —El silencio se hizo. Se calló de golpe, clavando su mirada en algún punto a mi espalda. La frase se quedó inconclusa, las palabras se encogieron de hombros sin saber dónde ir, mirándose las unas a las otras, sostenidas en el aire.

Antes de que hubiera procesado la información, ella ya había extendido la mano para devolverle el té a la *Operatrice* y se había puesto a caminar, murmurando un «ahora vuelvo» y abandonando nuestro pequeño grupo improvisado. Un «¿Qué pasa?» se cayó entonces de mis labios. Un «¿Qué pasa?» que la realidad me respondió antes de darle tiempo a mi compañera a que lo hiciera. Di media vuelta, frunciendo el ceño, negándome a aceptar. Seguí con mis ojos la dirección que aquella mujer había comenzado a seguir y entonces entendí qué ocurría.

Un coche se había parado a escasos metros de donde estábamos.

Fueron muchas las ocasiones en las que me había planteado cómo sería mi reacción de cruzarnos con algún cliente durante una de nuestras salidas. Confieso que una mezcla de tensión, curiosidad y nerviosismo me mantuvo alerta durante las primeras noches que salí en compañía de la asociación, pero la falta de encuentros que se produjo durante aquellos primeros días terminó por diluir aquellos sentimientos y transformar el estado de alerta en una calma de fácil quebradura. Las semanas me habían hecho entender algo mejor la realidad del *trabajo* de la prostituta: sabía que los clientes eran más escasos de lo que querrían, por lo que coincidir con uno de ellos en tiempo y espacio era un acontecimiento de baja probabilidad de ocurrencia.

Y,

sin embargo,

ahí estaba.

Un coche se había parado a escasos metros de donde estábamos.

El primer cliente con el que me cruzaba.

—Vale, pues ahora vamos a ponernos a hablar como si no pasara nada.

La *Operatrice* me rescató del momento y me obligó con sus palabras a que me girase hacia ella por inercia, dejando a mis espaldas el vehículo recién llegado. Fue todo cuestión de menos de dos segundos. No me dio tiempo a distinguir nada. No sabía qué pensar. Qué sentir. Qué hacer. Qué decir. Al ver mi aturdimiento, comenzó a ametrallar el silencio con un diálogo improvisado.

—No pasa nada, ¿verdad?... Estamos aquí hablando... Estamos teniendo una conversación de lo más normal, ¿a qué sí? ¿Me vas a contar algo? ¿Qué tal el día de hoy? ¿Sabes que yo mañana libro? ¿Qué hiciste el fin de semana pasado? —Gesticulaba mucho y se esforzaba por mostrar una sonrisa lo suficientemente grande como para que la normalidad de la situación que se esforzaba por crear fuera perceptible a varios metros de distancia—. Yo he estado en Ravenna con mi novio, ¿sabes? Fuimos el sábado y volvimos el domingo.

—Ah, ¿sí? —Logré reaccionar por fin.

—Sí, lo que te digo. Merece la pena, aunque no sea muy grande. A nivel artístico por lo visto es increíble. Tiene unas iglesias llenas de mosaicos cubiertos de oro...

—Sí, estuve allí este verano. Arte bizantino, ¿verdad? —Ella me asintió, sorprendida—. Culpa de mi padre, que le encanta el Arte.

—Pues sí, efectivamente. El caso es que... —Vi cómo desviaba la mirada de mis ojos a mis espaldas—, no quiero que se vayan sin que le hayamos dado los preservativos, y no sé si se va a montar en el coche, pero no quiero acercarme por si el cliente decide irse y ella se queda sin ganar ese dinero —dijo, más para sí misma que con el objeto de que la escuchase—. El caso es que a mi chico también le gusta bastante todo lo que es el Arte y museos. Estudió historia y...

Una voz de mujer detuvo la conversación de golpe.

—Me marcho. ¡Hasta la próxima! —dijo en la distancia. Para cuando me giré su silueta ya se había metido en el interior del vehículo y nos miraba a través del cristal, desde el asiento del copiloto.

—¿No quieres los *portafortune*? —gritó la *Operatrice* para hacerse oír a través de la puerta que la joven acababa de cerrar. Nos respondió con una negativa que enfatizó con un movimiento de mano para ser visible a través de la ventanilla.

El coche, que no había apagado el motor en ningún momento, se puso en movimiento y avanzó unos metros antes de abandonar la explanada en la que estábamos para perderse en la oscuridad de la noche.

Fue entonces cuando le vi.

Fue un instante inferior al segundo.

Su rostro apareció nítido al otro lado del parabrisas y la realidad me arrancó de un golpe la imagen preconcebida que mi ingenuidad y desconocimiento habían caricaturizado del mismo. Vistiendo camisa, traje y corbata, con el pelo canoso del que ha superado los cincuenta, tenía facciones marcadas y el rostro carente de barba. La cara perfectamente afeitada, en línea con su talante elegante y acorde a su puesto seguro de responsabilidad en cualquier empresa de nombre.

Me pareció apuesto.

La incomprensión estalló en mi cabeza.

«Pero, ¿qué hace un hombre así aquí?».

No entendía lo que veía.

La realidad era compleja. Abrupta. Inesperada.

«Pero si tiene pinta de padre de familia».

Y así era. Así lo parecía. Con su camisa clara, su traje oscuro, su corbata bien ajustada. Con su pelo canoso y su mirada azulada. Con el atractivo propio del hombre maduro. Con el gesto cansado del que acaba de salir del curro.

Intercambiamos una mirada.

Duró apenas medio segundo.

Aquella fue, durante todos los meses que participé con la asociación, la única vez que me encontré cara a cara con un cliente.

—Le voy a dejar el té aquí... aunque se lo va a tomar frío.

Regresamos al coche en silencio. El Conductor y la Otra Voluntaria, testigos de la escena apenas vivida, no preguntaron nada, no hicieron ningún comentario, no dijeron nada. El vehículo arrancó en cuanto nos hubimos acomodado y el sonido de los intermitentes que indicaban nuestra incorporación a la carretera inundó el interior del mismo. Yo desvíe la mirada por la ventanilla, haciendo visible que no quería participar en ninguna conversación que pudiera formarse en aquel momento. Miré por última vez el escenario en el que la escena de la que habíamos formado parte se había desarrollado. Antes de que el movimiento del coche lo hiciera desaparecer de mi campo visual, mis ojos se posaron en el único objeto que dejábamos atrás. Un objeto que perdía calor y sentido a cada segundo que transcurría.

El té en el poyete como metáfora de lo que hacíamos.

Un intento infructuoso de cambio que jamás sería bebido.

Nuestro esfuerzo

enfriado

en un triste

vaso

de plástico.

13
CONVERSACIÓN

—*Buonasera!*

—*Buonasera!* ¿Estamos solo las dos hoy?

—No, no, qué va, es que hoy toca Treviso. Allí recogemos al conductor y a la otra voluntaria. Tenemos una horita de trayecto, así que ya puedes ir pensando en el tema de conversación.

Yo sonrío.

—Con lo me cuesta a mí hablar —respondo en voz baja, irónica.

Nos montamos en el coche. Me siento, por primera vez, en el lugar del copiloto. La *Operatrice* da las luces y arranca el motor. La conversación empieza.

—Bueno, entonces tú eras de Madrid, ¿verdad?

—Sí y... ¿me quiere sonar que tú eras de Burgos?

—De Aranda de Duero para ser precisos. Cuántos españoles en la asociación, ¿verdad? Me dirás que no te sientes como en casa.

—Desde luego, no me quejo. Y yo que vine aquí con el objetivo de sumergirme en la cultura italiana...

—Con lo dispuestos que están siempre a conocer a gente, estoy segura de que tienes al menos una decena de amigos italianos.

—Sí, la verdad... Así da gusto. Tú tampoco tuviste problemas de adaptación cuando llegaste aquí, ¿verdad?

—Nada, todo muy bien. Digo yo que estaré a gusto, que ya voy camino de los cinco años.

—¿Viniste hace cinco años? ¿Tras acabar psicología?

—¿Psicología? Que va. Si yo estudié Administración y Dirección de Empresas. Llegué incluso a hacer un máster en Londres para especializarme en el campo que más pensaba que me gustaba.

—¡Qué dices! ¿Y cómo acabaste aquí?

—Pues imagino que por lo que vosotros bautizaríais como *crisis existencial.* Un día me di cuenta de que no me gustaba *nada* lo que hacía, y que necesitaba un cambio radical en mi vida. Así que comencé a formarme para irme de voluntariado a México con una asociación que llevaba una amiga. Y bueno, la verdad… —hizo una pausa, buscando palabras—, la verdad es que me cambió la vida. Tras ello comencé a encadenar voluntariados: me fui a Nicaragua, a la India, volví a México... Y de oca a oca, terminé solicitando la SVE para venir a colaborar con este proyecto...

—... hace cinco años —completo.

—Exacto. Cuando terminé, me hicieron una oferta de trabajo para contratarme como *operatrice* y aquí estamos.

—Te has movido bastante, ¿no?

—Un poco, la verdad —responde, satisfecha—. Pero la verdad es que ha sido solo en Padova donde he encontrado una segunda casa.

—¿Tan bien te tratan los italianos? No me creo que no hayas tenido ningún roce ni choque cultural con ellos.

—No, la verdad es que son encantadores, muy abiertos, cálidos, cercanos, generosos..., así es difícil no adaptarse. Lo único... —piensa un momento antes de continuar—. Lo único es que hay algunos aspectos algo distintos, no sé... Como sociedad, por ejemplo, tienen un punto un poco más marcado de machismo comparado con los españoles, y tampoco es que en España estemos para lanzar cohetes.

Se me iluminan los ojos.

—¿Verdad? ¡Eso digo yo siempre! Es imposible andar por la calle y no recibir comentarios de *simpáticos* con los que te cruzas por la calle.

—¿Y qué me dices de los bares?

—Que en España al menos te sirve la *excusa* del «tengo novio». Aquí ni con esas te dejan en paz.

—Sí, sí. Y ya no es solo eso. Es el modo en el que la sociedad concibe a la mujer, la forma en la que se transmite en los medios, en los anuncios, en la televisión...

—Bueno, tampoco es que en España estemos mucho mejor...

—Sí, pero aquí es en un grado más, en un escalón más. Y claro, todo eso repercute en la prostitución.

Frunzo el entrecejo. Giro la cabeza, mirándola directamente. Ella continúa con la vista clavada en la carretera.

—¿A qué te refieres exactamente?

—A ver si te crees que el cliente nace de la nada.

Pongo cara de no entender. Lo verbalizo. Ella procede a explicarse.

—Lo que quiero decir es que un ambiente así favorece la existencia de clientes. El «irse de putas» está mucho más normalizado entre los grupos de amigos, ¿sabes? Mi antigua compañera de piso, por ejemplo, me comentó una vez que aquí no está *tan* mal visto. Que es habitual hacer bromas al respecto, o comentarios, o quedar para ir a un club de alterne, o irse incluso una noche a probar la *experiencia* —recalca con sorna esta última palabra. Hace una pausa antes de continuar—. Te hablo desde mi experiencia, por supuesto, así que no te lo tomes como dogma de fe.

Permanezco en silencio, pensando en lo que ha dicho. Escucho cómo mis labios dejan escapar un «entiendo» mientras mi mente pasea por las frases apenas compartidas. «En realidad tiene sentido», me digo. Desvío la mirada a través de la ventanilla. Veo cómo el paisaje, de contornos tenues y colores oscuros se devora a nuestro paso, a una velocidad que no supera los ciento veinte kilómetros por hora. Escucho cómo la *Operatrice* señaliza un cambio de carril. Dejamos atrás Padova y cogemos la *tangenziale* con dirección a Treviso.

Tras un par de minutos en los que ninguna de las dos dice nada, mis pensamientos irrumpen de nuevo en el silencio.

—¿Y llaman mucho?

Me mira de reojo.

—¿Quiénes? ¿Ellas? —Yo asiento automáticamente—. Sí, sí, bastante. Para que te hagas una idea, cada día solemos tener unas dos citas para el médico de media.

Abro los ojos en señal de sorpresa, por primera vez positiva.

—¿Tantas? No tenía ni idea, pensaba que serían muchas menos, como mucho una por semana o así.

—Qué va, si a veces hay incluso más. Ten en cuenta que nos encargamos de una región bastante amplia.

—Padova, Vicenza y Treviso, ¿no?

—Exacto.

—¿Y por qué llaman principalmente?

—Pues depende, sobre todo, del tiempo que lleven conociendo la asociación. Al principio solo recurren a nosotros en situaciones de gravedad, por lo obvio en especial, pero en cuanto cogen confianza nos llaman en situaciones menos extremas: si hay algo que no va bien, si se encuentran un poco mal, si quieren hacerse una mera revisión o incluso solo por gripes o constipados.

—¿Lo *obvio*? —interrumpo, evidenciando que para mí no lo era tanto.

Ella deja pasar un par de segundos, confiando en que la espera me haga entender. Mi silencio hace que termine respondiendo.

—Por abortos, claro.

—Ah —La realidad me golpea de golpe—. Claro.

Un coche nos adelanta a más de ciento cincuenta por la izquierda.

—Pero será imbécil.

Mi mente, indiferente al contexto, sigue atrapada en la conversación.

—Pero, ¿lo hacen sin preservativo? —Mi foco puesto en ellas.

—No siempre... pero es que así pueden cobrar más.

Todas las charlas de educación sexual que recibí en algún momento en mi instituto regresan de golpe a mi cabeza.

—Pero... ¿Y ellos? ¿Lo hacen sin preservativo? Lo digo ya por puro egoísmo, ¿no tienen miedo a contraer alguna enfermedad? —Mi foco puesto en ellos como medida desesperada.

—Pues al parecer no. Y ya no es solo eso. Imagínate luego a sus mujeres, para las cuales sus maridos están haciendo *horas extra* en el trabajo... Son riesgos por todos lados.

Un escalofrío me recorre la columna vertebral. El silencio paraliza mis labios.

—Así normal que luego se limpien tanto, claro —continúa ella.

—¿Cómo?

—Es la discusión que tiene siempre la ginecóloga con ellas —sonríe, recordando probablemente algún momento reciente—. Por lo general las chicas cogen muchas infecciones porque cuando llegan a casa cada noche se limpian la vagina *demasiado* —dice, haciendo énfasis en la última palabra—. Y claro, sin quererlo matan todos los *bichitos* que están ahí defendiendo del enemigo.

—Pero... ¿y por qué tanto?

—Ellas te dicen que saben que no está bien, pero que se sienten muy sucias después de haber estado toda la noche *trabajando* y que quieren irse a la cama con la sensación de estar limpias. Yo no las culpo, claro, pero es contraproducente que se laven con tanto jabón y agua. Porque se limpian hasta el fondo, fondo, ¿eh? «Es que no sabes la de hombres que pasan por ahí abajo cada día», me decía una el otro día —añade, mordiéndose el labio inferior y negando levemente con la cabeza.

—Madre mía... ¿y la ginecóloga conoce en qué *trabajan*?

—Claro, claro. Es una mujer encantadora, muy dulce y cálida... Menuda diferencia con la que teníamos antes, no te imaginas. Se pasaba toda la consulta juzgándolas, haciéndoles comentarios peyorativos, insinuándolas que estaban en esa situación porque querían, sugiriéndoles que lo dejasen...

—Qué me dices... En Psicología lo primero que te enseñan es a generar un espacio libre de juicios cuando hablas con la persona en consulta.

—Pues ya ves. La consulta de algunos médicos se rige por principios distintos.

—Podría haberse limitado a hacer su trabajo, que imagino que no le pedisteis su opinión.

—Al final lo más efectivo fue cambiar de doctora. Y ya te digo, la que nos lleva ahora es encantadora. El otro día llegó una pobre con un ataque de ansiedad increíble, y la doctora le estuvo explicando que para eso tenía que ir a un psicólogo, que aquello no era un problema médico y que ella podía recomendarle uno muy bueno que estaba cubierto por el seguro.

—Una prostituta yendo al psicólogo por ataques de ansiedad. De película de Almodóvar.

—Pues si vieras a la pobre. Al salir de la consulta me preguntaba: «¿Pero entonces yo al psicólogo le cuento todo? ¿Pero todo,

todo, *todo?* Pero, ¿también lo que hago? O sea... quiero decir... ¿le cuento a qué me dedico?». Decía que a ver si la iban a echar del país si se enteraban o que a ver si el psicólogo se negaba a tratarla.

—Y yo me pregunto... ¿cómo puede querer considerarse a la prostitución como «un trabajo como otro cualquiera» si la que lo practica quiere ocultar su *oficio* hasta ese punto?

—Hombre, es que no es un trabajo. —La *Operatrice* elevó el tono—. Y ya no es solo por las condiciones de esclavitud a las que están sometidas. Es que la concepción social que se tiene es peyorativa. En el momento en el que el peor insulto en el que se puede recibir como mujer es que te llamen *puta*, tú me dirás...

—Ya ves... y menudo efecto... yo recuerdo una vez que me llamaron *puta* por la calle porque...

La *Operatrice* pone el intermitente de golpe y me interrumpe mientras intenta reconocer el lugar en el que estamos.

—Ahí ponía dirección Treviso, ¿verdad?

Yo miro a través de la ventanilla, intentando serle de ayuda.

—Eh... no lo sé... —espero a que el siguiente cartel se aproxime lo suficiente como para que sus letras sean legibles—. Eh... ¡Sí! ¡Justo! Tienes que ponerte en el carril de la derecha.

—Vale, menos mal. Si nos lo pasamos nos toca dar un rodeo de más de quince kilómetros.

Sonrío para responderla. Permanecemos en silencio durante un par de minutos en los que me esfuerzo por anotar mentalmente todos los puntos claves que ha tenido nuestra conversación hasta el momento. Lamento haberme dejado el móvil cargando en casa y no tener ningún modo de dejar por escrito un esbozo de todo aquello.

—¿Te puedo hacer una pregunta?

—¿Resulta que ahora necesitas permiso? Si llevas preguntándome todo el viaje.

—Eras tú la que querías que te sacara tema de conversación, ¿no?

—*Touché.* Si lo llego a saber... —se ríe, fingiendo queja—. Dime, dime.

—Tú... ¿qué solución le darías a todo esto? Llevas trabajando en esto unos cinco años, ¿no? —Ella asiente—, así que imagino que durante todo este tiempo te ha dado tiempo a pensar y pensar sobre cómo se debería afrontar el tema, ¿no?

—¿Te refieres a legalizar la prostitución? ¿Regularla?

—Sí, bueno, no sé. A qué harías tú con todo esto, en general. La realidad que vemos cada noche es que todas estas mujeres están ahí, fruto de la explotación y del tráfico, teniendo que pagar por el mero hecho de estar en la calle, sin protección médica ni legal, sin alternativa posible, lejos de sus países de origen... Su *trabajo* no se considera como tal, pero tampoco es ilegal... Digo yo que se tendría que afrontar este tema de algún modo, ¿no?

—¿Te puedo ser sincera?

—Por favor.

—No tengo ni idea —hizo una pausa—. Es un tema demasiado complicado. Lo que sí que sé es que no defiendo la legalización como solución al problema, ¿sabes?

—Ah, ¿no? Pensaba que en el fondo todos defendíais un poco este enfoque.

—Que va, en absoluto. De primeras porque no sé hasta qué punto un hombre ha de tener el derecho a pagar por sexo, ¿sabes? Pero también y sobre todo porque, si algo he visto a lo largo de estos años, es que la legalización no es un método que asegure en absoluto la erradicación de la esclavitud, de la explotación, ni del tráfico. Y si no fíjate en lo que ocurre en Ámsterdam.

—Eso me había parecido leer, que a pesar de que el Barrio Rojo sea famoso porque allí la prostitución está regulada, en el fondo la mayoría sigue dentro de alguna red de tráfico, ¿verdad?

—¿Leer? Olvida los libros. Eso es lo que *te cuentan* ellas. Muchas de las chicas con las que hablamos cada noche han estado allí antes de venirse a Italia. Y al parecer su situación no cambia en exceso: también allí sufren explotación, tienen que pagar a terceros, tienen que rendir cuentas a «hombres que las protegen». —Soltó una mano del volante para añadir unas comillas imaginarias cargadas de ironía en torno a las últimas palabras—. Así que permíteme que ponga en duda que legalizar su *oficio* garantice su libertad.

—¿Y entonces qué? ¿Las famosas casas *chiuse*?

—Pff... eso es lo que propone Lega Nord, ¿sabes?

—Eso me han comentado. Pero así al menos no tendrían que estar en la calle.

—Estás de broma, ¿no? ¡Si en la calle al menos podemos tener contacto con ellas! —Alza un poco la voz, evidenciando que no era la primera vez que hablaba de esto con alguien—. Si las obligaran a estar en casas nos sería imposible acceder a ellas, así al menos podemos darles información, encargarnos de su salud y ofrecernos como un punto de apoyo... Fíjate lo que pasa con las asiáticas.

—¿Las chinas?

—¿No te has dado cuenta de que no hay ninguna asiática?

Asiento lentamente.

—Es verdad... pero sí que tenemos en la carpeta folletos escritos… escritos en chino, ¿no? —añado, reparando por primera vez en el detalle y sin poder atar los cabos aún.

—Exacto. Eso es porque, según nuestras fuentes, hay población china metida en la prostitución y que llega aquí como fruto del tráfico. Y sin embargo... ni rastro de ellas... ¿Ves por qué?

Abro los ojos, entendiendo.

—Porque están en casas, ¿no?

Por toda respuesta, ella permanece callada. El silencio se hace en el coche, pero no molesta. Avanzamos en la oscuridad de la noche, permaneciendo sin mediar palabras. Mi cabeza repasa fragmentos de la conversación apenas tenida. Pienso en que en pocas semanas estaré de vuelta en España y lamento que coincida con el periodo en el que he empezado a sentirme en casa.

—Me gustaría escribir un libro —digo, finalmente.

—¿Perdón?

—Sí, bueno... un proyecto, un conjunto de relatos, no sé... En realidad, no me gusta llamarlo libro porque no sé en qué quedará luego.

—¿Un libro sobre esto?

—Eso es. Me gustaría de algún modo contar estas historias, ¿sabes? —me incorporo en el asiento, adquiriendo un tono solemne que dibuja una sonrisa en mi interlocutora—. Hacer que este año no se quede en una mera experiencia personal, que vaya más allá, que llegue a más gente... Y qué mejor que la palabra para ello, ¿no?

Ella deja escapar una carcajada.

—¿Qué pasa?

—Me recuerdas a mí.

Sonrío por acto reflejo.

—Menudo cumplido.

—Cuando estuve en México también me dedicaba a escribir todo lo que vivía y a enviárselo en mails a mi familia, a mis amigos... Claro, aún le quedaban algunos años al WhatsApp para que empezara a existir...

—Poco más y enviabas cartas.

—¿Cartas? La tablilla y cincel se ajustan más a mí época.

Río como consecuencia de su exageración.

—Bromas aparte, tienes que escribirlo sin dudas.

—La verdad es que me gustaría hacerlo. Ya que he tenido la posibilidad de estar en contacto con esta realidad, siento en cierta medida la responsabilidad de comunicarla, ¿sabes?

—Y la de cosas que no sabemos, maja, porque aquello que nosotras vemos no es más que la punta del iceberg de todo este mundo... —Hace una pausa, mientras mira por el retrovisor para cambiar de carril—. ¿Y cómo se te ocurrió?

—¿Lo de escribir sobre esto?

—No, lo de dedicarte a la Neurociencia, si te parece.

—Pues, como todo en esta vida, por fines puramente egoístas —sonríe, al reconocer la frase de la coordinadora de la asociación—. Tras mi primera salida me di cuenta de que, para sobrellevar esta experiencia, debería poner en palabras todo lo que viera durante las noches. En realidad, es culpa mía, que siempre siento todo demasiado. Por suerte he encontrado en las letras la mejor de las terapias posibles para contrarrestar la marea de emociones que siento constantemente.

—Psicóloga *dixit.*

—El caso es que publiqué un par de entradas en el blog que tengo y empecé a darme cuenta de que las historias que me salían eran demasiado largas para publicarlas allí y que tenían más bien forma de capítulo.

—¿Tienes un blog?

—Con mi compañera de piso, para hablar de nuestra experiencia en Padova... y quejarme de los italianos principalmente.

Ríe.

—Entonces tendrás muchísimas entradas, ¿no?

Río.

—Unas cuantas, unas cuantas. —Permanezco en silencio unos instantes—. ¿Pero sabes cuál es la entrada más visitada de todas en el blog? La publiqué en noviembre y, aun así, y a pesar del tiempo que ha pasado, cada día tiene un montón de visitas. Te va a sorprender.

—¿Una de las de la prostitución?

—Exacto. Pero no sonrías, que no son buenas noticias.

—¿Por qué no? Si ya tienes lectores interesados en el tema.

—No, no, no vayas tan rápido. La entrada se llama «Diez cosas que deberías saber sobre la prostitución en Italia» y está publicada tanto en inglés como en español. Esto último es importante, porque no hay tantos artículos que hablen sobre la prostitución en una región tan concreta como el Véneto en un idioma que no sea el italiano.

—Por lo que imagino que estaréis bien situadas cuando alguien busca información sobre el tema en Google, ¿no?

—Las primeras exactamente. Las estadísticas del blog nos permiten saber desde qué medio han entrado los lectores en cada publicación. La mayoría usa Facebook, porque son básicamente amigos nuestros, pero curiosamente los que entran a esta en concreto lo hacen desde Google.

—Y eso es malo porque...

—Porque, curiosamente, las herramientas del blog también nos permiten saber qué han escrito en el buscador para encontrar nuestra página.

Veo cómo alza las cejas. Algo ha hecho clic en su cabeza, pero aun así pregunta para cerciorarse.

—¿Y qué es lo que escriben?

Hago una pausa, para añadir cierto suspense.

—¿No te lo imaginas? Escrito en inglés, y algunos en español: «¿Dónde puedo encontrar prostitutas en el Véneto?». «¿Hay burdeles en Padova?». «Mejores putas de Italia» y un largo etcétera. Vamos, que la publicación más vista de nuestro blog es gracias a clientes que van buscando sexo.

—Qué hijos de put... —se interrumpe, dándose cuenta de lo que iba a hacer—. Perdón, perdón. Quería decir cabrones.

Sonrío.

—A mí también me pasa.

—De verdad, qué asco.

—Me lo vas a decir a mí, que mi primer impulso fue borrar la entrada inmediatamente. Pero luego lo estuve pensando y decidí dejarla, porque así al menos van informados de la situación en la que están las mujeres a las que van a follarse.

—Bueno... visto así... Es una forma de educar a los clientes.

—Al fin y al cabo, son los que más poder tienen porque son los que mantienen el mercado. Si no hubiera oferta, la demanda desaparece.

Ella niega con la cabeza, frustrada por la situación.

—Seguro que son los de la base militar.

—¿Cómo?

—¿No lo sabes? Hay una base militar estadounidense en la zona y, según nos cuentan ellas, un gran porcentaje de los clientes que tienen es gracias a ellos.

—No tenía ni idea.

—Pues así es, y no te imaginas la de problemas que dan, porque tienen no sé qué convenio que hace que estén amparados por la ley estadounidense y no puedan ser juzgados por leyes italianas.

—Pero... ¿hay necesidad de que sean juzgados?

—Si yo te contara... Uno de estos soldaditos estadounidenses, por ejemplo, le pegó una paliza a una prostituta que casi la mata. No se atrevió a denunciar, y a los meses el susodicho repitió la paliza. Fue un caso muy sonado, llegó incluso a la prensa.

—Qué me dices... Y, por supuesto, una paliza así no figura ni tan siquiera en las estadísticas de violencia de género, porque como no existía entre ellos una relación sentimental...

—Claro, si es que como las prostitutas no son personas...

—Pero entonces, ¿es frecuente que haya casos de violencia dentro de este mundillo?

—Está a la orden del día. Sin ir más lejos, el otro día me contaba una de las chicas que se subió al coche de un hombre pensando que era un cliente, la llevó a un descampado, y cuando estaban allí, fuera de la vista de ninguno, el tío le sacó un cuchillo, se lo puso en la garganta y le dijo «te llevo vigilando toda la noche, sé que has tenido bastantes clientes, así que me lo vas a dar todo ahora mismo».

Me llevo la mano a la boca, aterrada.

—Terrible.

—Hay que ser miserable para ir a robarle a una puta, ¿eh?

—En serio, terrible.

—Bueno, y hace poco también tuvimos otra: uno que al parecer se pasaba los días yendo a las casas de las prostitutas para desvalijar y quedarse con todo lo que viera que tuviera algo de valor.

—Madre mía, ¿y no le denunciaron?

—¿Denunciarle? Si están muertas de miedo. Piensan que si acuden a la policía acabarán ellas en la cárcel o, lo que es peor, de vuelta a sus países. ¡Como si aquí hubiera dinero para devolverlas a casa!

—¿Pero por qué piensan eso?

—Por falta de información, principalmente. Porque no tienen papeles y porque desconocen hasta qué punto su *trabajo* está penado. Por eso en estos casos tratamos de ofrecernos como punto de referencia, ¿sabes? En la calle la información se pasa de boca en boca, y la verdad se pierde por el camino en la mayor parte de las ocasiones.

—Sin embargo, si os preguntan a vosotros, saben que aquello que le digáis será cierto.

—Eso es.

—Menuda labor más importante.

—Y luego ya otro tema es la de juicios que hacen desde la policía —continuó ella, ignorando mi comentario—. Ni te imaginas cómo las juzgan en cuanto ponen un pie en comisaría, peor incluso que con la doctora que te comentaba.

—Me puedo hacer una idea, no hace falta que lo jures... Que yo tuve una experiencia *preciosa* en la comisaría de Padova.

—¿En serio? ¿Qué te pasó?

—Pues nada, fui a poner una denuncia porque me habían robado la cámara de fotos estando en la estación de Mestre y... —me interrumpo a mí misma—. ¿Ya hemos llegado?

—Sí, ya estamos. Hemos quedado en ese *parking* con los otros dos voluntarios.

Sigo la dirección de su dedo, que señala hacia delante. A lo lejos distingo dos figuras que esperan sentadas sobre un bordillo de la acera. El resto de la zona está absolutamente desierta.

—Qué pena, estaba disfrutando la conversación.

—Tranquila que aún nos queda el viaje de vuelta —contesta, guiñándome un ojo.

Oigo que pone el intermitente y reduce la velocidad. Las dos siluetas, al distinguirnos, se levantan del suelo.

—Pero entonces, ¿ese hombre sigue suelto?

—¿Quién?

—El que iba robando por las casas de las prostitutas.

—Pues mira, no. Lograron meterlo en la cárcel.

—Bueno, menos mal, por fin un poco de justicia. ¿Y cómo fue? ¿Se animaron al final a denunciarlo, entonces?

—Sí, al final sí... porque a una de ellas la robó y, además, la violó. Y eso pasó el límite para su compañera, que decidió que había que hacer algo ante la situación. Si las vieras... lo contentas que estaban cuando salió la sentencia...

Ella termina de aparcar el coche y apaga el motor. Se quita el cinturón y abre la puerta. Yo permanezco unos segundos de más en el asiento, los ecos de la conversación aún resuenan en mi cabeza.

—Venga, cámbiate de sitio. Ni que te hubieras cansado antes de empezar.

Abro la puerta del copiloto y me bajo del coche. Los otros dos voluntarios levantan la mano desde la distancia y comienzan a caminar hacia nuestro encuentro. Dejo la puerta abierta y me enfrento, con la dificultad habitual, a la trasera corredera.

—Oye, una cosa. —La *Operatrice* se dirige a mí, en voz baja y en español, antes de que dejemos de estar a solas.

—Dime.

—De lo del libro...

—Sí, sí, dime.

—Si alguna vez te pones realmente a escribirlo, que no se te olvide pasarme una copia, ¿vale?

Yo sonrío y asiento levemente con la cabeza.

—Ciao, ragazzi! Pronti per l'uscita di stasera?

La conversación acaba. La noche empieza.

14
ASTILLAS

ASTILLA DE BROMA INOPORTUNA

Me gusta referirme a ellos como mi «grupo de amigos hetero». Son siete. Todos son hombres. Todos heterosexuales. Y luego, estoy yo. La única chica. La más pequeña. Una extranjera que terminó abriéndose paso. Son, como grupo, al que más quiero y constituyen, desde mi adolescencia, una parte imborrable de mi identidad. Son los que me recuerdan continuamente, sin saberlo ni pretenderlo, que la mayor alegría posible se encuentra en la sencillez de la vida. Y yo, que tiendo a perderme en intelectualismos sinsentido, siento que les necesito cerca para mantener los pies en la tierra y no extraviarme dentro de mi propia cabeza.

—¿Sigue en pie el plan del viernes?

Nunca había estado en un casino. No tenía ni especial interés, ni ganas, ni dinero que pudiera gastar en el azar. Pero el plan estaba montado, les echaba de menos y tenía curiosidad por explorar un terreno nuevo.

Llegamos allí en dos coches distintos. Todos nos habíamos vestido de manera elegante porque, según nos explicó el que más experiencia tenía en el tema, al que yo bauticé como el líder de la noche, allí la gente va de etiqueta. Estuvimos un rato comentando las pintas que nos veíamos y riéndonos de nuestra apariencia. Más que ropa, sentíamos llevar un disfraz, pues nosotros siempre nos vemos en pantalón corto y camiseta.

—Va chavales, reunión de grupo, reunión de grupo.

El bautizado líder de la noche nos juntó de manera cómica a la entrada del casino, formando un corro, haciendo que entrelazáramos brazos y hombros. Quería parodiar una escena de película. Todos le seguimos el juego, divertidos por la ocurrencia.

—Vamos a entrar ahí y vamos a, como mínimo, duplicar la pasta que nos hemos traído. ¿Me habéis oído bien?

—Venga, sí, va, va —coreamos todos, siguiendo la broma, porque en realidad a ninguno de nosotros nos sobraba el dinero, y aquello era más una forma diferente de pasar la noche que un intento de hacerse rico.

—De aquí no se marcha nadie sin duplicar su fondo, ¿entendido?

—Sí, venga, va. ¡Vamos chavales! —coreamos de nuevo. Yo me reí, contagiada por la escena.

—En cuestión de horas vamos a reunirnos aquí de nuevo y, con toda la pasta que ganemos… ¡nos vamos de putas!

El grupo entero rio la broma.

Yo traté de hacerlo.

De verdad.

Entiendo y entendía que era una broma.

Una broma.

Un comentario estúpido.

Parte de una parodia.

Intenté seguir la dinámica de la escena.

Intenté sumarme a la carcajada grupal.

Pero,

no pude.

No pude hacerlo.

La risa se me atragantó en el pecho.

El líder de la noche reparó en mi silencio. Me sonrió. Me miró a los ojos. Estalló en una risotada.

—Dios, menuda cara. No te preocupes, Inés, que lo decía de broma.

Yo acababa de volver de Italia.

ASTILLA DE CONVERSACIÓN NOCTURNA

Extracto de conversación entre Chica y Chico.
Hora: 23:43.
Medio: Messenger.
Lugar: indefinido.

Chico y Chica van juntos a clases de baile. Hace doce meses que se conocieron y tres semanas que se llaman la atención, mutuamente. En los últimos días, Chico y Chica se escriben con más frecuencia de la que se admiten. Chica está tumbada en la cama, bajo el edredón y las sábanas, a la luz de la mesilla de noche. El radiador de su cuarto resulta insuficiente para combatir el frío. De Chico suponemos que está, casi con certeza, en su propia casa, al otro lado de la pantalla.

CHICA.—¿Sabes qué estoy escribiendo un libro sobre prostitución?

CHICO.—¿En serio? ¿Y puedo formar parte de él?

CHICA.—¿Cómo?

CHICO.—No sé… ¿quizás como *gigolo*?

CHICA.—¿En el libro?

CHICO.—Sí, claro. Sería cómo una… una superestrella del porno masculina. Una prostituta que supera al resto: ¡la superprostituta!

CHICA.—Sabes que lo del libro no es una broma, ¿no? O sea, que es verdad que estoy escribiendo…

CHICO.—Sí, si lo sé. Si lo sé.

CHICA.—Te lo digo porque la verdad es que es un tema sensible y no me gusta que…

CHICO.—Entonces... ¿no podemos compartir una prostituta?

CHICA.—Creo que llevo peor los *chistes* sobre prostitución que los de sexismo en general, para que te hagas una idea.

CHICO.—Interesante... Mi objetivo será entonces hacer un chiste que sea sobre prostitución y sexismo al mismo tiempo.

CHICA.—Bueno, veamos cuánto tiempo te lleva conseguir que dejes de gustarme.

CHICO.—Hasta ahora he fallado.

CHICA.—Puedes empezar a fallar en serio.

CHICO.—Lo voy a intentar, lo prometo. Pero bueno, ahora en serio, ¿de qué va el libro? Puedes pedirme detalles sobre burdeles y clubs de *striptease*, si lo necesitas. He estado en todos.

CHICA.—Sobre mi experiencia en un voluntariado que hice en Italia.

CHICO.—Vale, tengo que hacer un último chiste: ¿te dieron algún consejo? (y solo para que lo sepas, no he ido a ningún burdel ni club, yo también estoy éticamente en contra de ellos).

CHICA.—No, no tengo ningún consejo.

CHICO.—Vaya por Dios, no te aprovechaste de la situación entonces.

CHICA.—No, los hombres ya estaban allí para aprovecharse de su situación, así que yo decidí limitarme a darles poyo.

CHICO.—Ja, ja, ja, no te gusta hacer bromas sobre este tema, ¿verdad?

CHICA.—¿Cómo lo has notado, Sherlock?

CHICO.—Está bien, está bien, ya paro... Aunque yo siempre digo que la risa y la comedia son buenas para el alma.

CHICA.—Intentaré seguir tu consejo, ya que soy una persona que no se ríe con facilidad.

CHICO.—Haré que te rías de este tema también con el tiempo, te lo aseguro. Dame tiempo.

CHICA.—No sé ni cómo contestarte a eso.

CHICO.—Dame tiempo, ya verás.

CHICA.—Me voy a ir a la cama.

CHICO.—Pero hombre, mujer, no te enfades, que era una broma.

CHICA.—Buenas noches.

Chica abandona el móvil sin esperar respuesta. Apaga la luz de su mesilla con la noche atravesada. Mira al techo, a través de la oscuridad de su cuarto, las manos entrelazadas sobre su pecho. Suspira. Cierra los ojos. Siente que el tiempo sucede sin que a ella le afecte. Siente que la distancia que la separa del mundo aumenta. Siente que, en ese momento, el universo entero entra entre las cuatro paredes de su cuarto. Siente que el tiempo no pasa. Siente que no hay palabras. Siente que el vacío la atrapa. Siente que flota en la nada.

Se siente sola en la oscuridad de la noche.

.

.

.

Las piensa.

.

.

.

Pasarán un par de horas antes de que consiga conciliar el sueño.

ASTILLA CLAVADA EN EL PECHO

Me gusta sentir que controlo lo que siento. Aunque sea mentira, porque en realidad no lo hago. Nadie en el fondo lo hace, pero la ilusión de que soy dueña de mis sentimientos me permite enfrentarme a la vida sin miedo. Me permite acercarme a aristas de la realidad que asustarían a cualquiera y mirarlas directamente a los ojos, observando la belleza que tienen las superficies afiladas. Más que víctima de Cupido, me gusta creer que soy yo la que tiene el arco. Que tengo una puntería de acero, capaz de atravesar cualquier sentimiento que no tenga el derecho de serlo. La imagen podrá parecerles dura, negra o fría, pero a mí me tranquiliza.

—¿Ya llegaste?

Aquel fue un día en el que Cupido me llevaba ventaja, pero la alegría era tal que a mí no me importaba. Mi parte racional corría en su busca y captura a varios metros de distancia, sin logar por ello evitar que breves chispazos de emoción se arremolinaran en mi estómago, zarandeando sus alas.

—¿Sigue en pie la cena?

Volvía de uno de mis viajes a España, uno de esos que me aplicaba cada dos meses como antídoto eficaz contra la nostalgia. Su mensaje apareció en forma de burbuja, en mi pantalla, tan pronto como me conecté de nuevo al siglo XXI. Confieso que me hizo sonreír a pesar de que yo, por él, no podía sentir nada. A veces ocurría. A pesar de que no lo hablara con nadie. De que no me permitiera pensarlo, ni imaginarlo, ni crearlo, a veces ocurría.

Cuando eso pasaba, era por lo general suficiente dejar pasar las horas y dar tiempo a que mi racionalidad y su arco hicieran lo propio. Cuando aquello no alcanzaba, cuando el sentimiento excedía y mis flechas envenenadas no bastaban, recurría a las letras. Así funcioné durante varios meses: me arrancaba el sentimiento en forma de verso. Escribía un poema. Transformaba nuestra historia en cuento o novela. Me despojaba de mi emoción depositándola en una página en blanco, confiando en que la distancia existente entre la hoja y mi persona fuera suficiente como para evitar que nada en mí creciera. Permitía que aquella no-existencia *fuera* en el mundo de las letras, encerrando mis sentimientos en la celda de la palabra escrita, atrapándolos tras unos barrotes que fabricaba con tinta.

—A las nueve estoy en tu casa. Así vas sin prisa.

Me hice el camino aeropuerto–estación y estación–mi casa con una sonrisa taladrada en el pecho. Edimburgo me recibía con los brazos abiertos. Llovía, pero no me importaba. A la calidez de llegar a una ciudad, que no es la tuya, y sentirla casa, se añadía la singularidad de saberse esperada. Todo esto en un contexto en el que el ocho de marzo había vuelto a hacer historia en España, que a mí me trasladaba el creciente optimismo de que quien está convencida de que se pueden cambiar las cosas.

Por todo ello la conversación, aquella noche, giró en torno a lo mismo. *Estábamos* tres personas en el salón de mi casa, pero, en realidad, solo éramos dos. Acostumbrada como estoy a que el feminismo genere debate, me extrañaba (y complacía) que se pudiera hablar sin ser continuamente cuestionada.

—Con vosotros no tiene sentido hablar del tema. Estamos de acuerdo en todo.

Así que, sin entender muy bien el por qué lo hice, e influenciada seguramente por la botella de vino que ya estábamos acabando, lancé una pregunta al aire que cambió, sin pretenderlo, el curso de la velada.

—Bueno, va, que el feminismo también va de revisarse los errores. Decidme qué es lo más machista que habéis hecho nunca.

El tercero respondió con el tipo de situación que yo imaginaba: un tipo de machismo que, aun pesando, solo escocía. Una cita en la que insistió demasiado y en la que terminó besando a una mujer que no quería ser besada.

—Es una mierda que eduquemos haciendo creer que el *no* de ellas lleva siempre un *sí* oculto.

La conversación en torno al tema se nos alargó más de media hora.

—Bueno, y tú, ¿qué? —dije, girándome hacia él, y centrándome en la persona cuya respuesta quería verdaderamente oír. Él se interrumpió con silencios que prolongó más de lo que habitúa, buscando torpemente palabras que no quería encontrar. Venga, va, que todos cometemos errores, y tengo ganas de saber cuáles son los tuyos.

Desconozco qué respuesta me esperaba. Una que pudiera digerir, imagino. Me miro ahora, en aquella escena, y me siento idiota. No hay que hacer preguntas para cuyas respuestas puedes no estar preparado. Lo aprendí a raíz de aquella noche. Pero, por aquel entonces, ni mi perenne ingenuidad ni yo lo sabíamos. Sentí que su nerviosismo aumentaba a cada segundo que pasaba, lo cual alargaba aún más sus pausas entre palabras.

—No te lo puedo decir así, tengo que ir poco a poco.

Yo reí, ajena a la escena.

—No me vengas con excusas y di, venga.

Él tragó saliva.

—Bueno pues… de todo esto hace ya más de diez años, pero en el pasado, mis amigos y yo hacíamos *catcalling* en la calle.

La frase me estalló en el aire.

¿Cómo?

No entiendo. ¿A qué se refiere? ¿Este hombre haciendo *catcalling*? No entiendo nada. A mi mente llegan recuerdos de los momentos en los que he sido víctima del mismo. Los momentos en los que me he sentido incómoda. Los momentos en los que he sentido asco. Los momentos en los que he sentido miedo. ¿Cómo? Lo imagino al otro lado del *piropo*. Lo imagino pronunciando el *p-i-r-o-p-o*. ¿Él? ¿Haciendo *catcalling*? No entiendo nada. No es posible. ¿Este hombre haciendo *catcalling*? No puede ser. Hace diez años, este hombre… ¿quién era?

—Pero sin duda —siguió él—, lo más machista que he hecho nunca ha sido pagar por sexo.

.

.

.

.

.

.

.

.

.

.

.

.

.

.

.

.

.

.

.

.

.

.

.

.

Pagar por sexo.

.

.

.

.

.

.

.

.

.

.

.

.

.

.

.

.

.

.

.

.

.

.

.

.

.

.

.

Uno.
Dos.
Tres.
La Tierra dejó de girar, en aquel preciso momento.
Cuatro.
Cinco.
Seis.
Mi universo se queda en silencio.
Siete.
Ocho.
Nueve.
A mis oídos solo llegan los segundos marcando el tiempo.
Doce.
Trece.
Catorce.
Él hablaba y hablaba, pero yo no oía nada.
Treinta y cinco.
Treinta y seis.
Treinta y siete.
Escenas de sexo no vividas se me clavan en las entrañas.
Cuarenta y nueve.
Cincuenta.
Cincuenta y uno.
Una brecha insalvable me estrangula la garganta.
Uno.
Dos.
Tres.
—¿Te… te has ido de putas?

Cinco.

Seis.

Siete.

Siento que me hundo dentro de mí misma. Ocho. Nueve. Diez. Dudo del tiempo en el que conjugar los verbos. Once. Doce. Trece. Las palabras han desaparecido; esto es, en realidad, un ejercicio retrospectivo. Catorce. Quince. Dieciséis. La vida transformada en abismo. Mi mundo se volvió grieta. Diecisiete. Agujero. Dieciocho. Hueco. Diecinueve. Vacío. Veinte. Veintiuno. Veintidós. La vida se volvió silencio. Veintitrés. Veinticuatro. Veinticinco. Un meteorito impactaba en mi mundo a cámara lenta. Treinta y dos. Treinta y tres. Treinta y cuatro. Todas mis palabras murieron, víctimas del dolor y la pena. Treinta y ocho. Treinta y nueve. Cuarenta. No quedaron rimas, ni acentos, ni sílabas, ni letras. Cuarenta y dos. Cuarenta y tres. Cuarenta y cuatro.

Me llevo la mano al pecho.

Una astilla clavada en mi centro.

Cupido que me mira y se ríe desde lejos.

Sangre caliente recorriéndome los dedos.

—¿Estás bien, Inés?

Mi voz respondió en tercera persona. Yo no estaba allí. Tampoco estaba en ninguna parte.

—No. No lo estoy. Me voy a la cama.

15
¿LIBERTAD?

Han pasado dos años desde que dejé Italia.

Cuando tomé conciencia de que estaba escribiendo un libro me hice una promesa: quería que mi subjetividad fuera el epicentro sobre el que orbitara cada una de sus páginas. Desconocía a qué puerto me llevaría el barco en el que acababa de descubrirme, pero pasara lo que pasara, me dije a mí misma, quería evitar cualquier tipo de reflexión teórica. Las percibía como bancos de arena o mares sin viento: puntos del mapa que es mejor sortear si no se cuenta con la experiencia adecuada. Y yo no era, ni soy, ninguna experta en el campo. Haberme acercado a este rincón del mundo durante un año solo implica una cosa: que me he acercado a este rincón del mundo durante un año. Hice un curso de preparación antes de ello y he leído algo sobre el tema desde entonces, pero eso es todo. Solo poseo los momentos que viví y las emociones que sentí en aquel entonces, ahora transformadas en recuerdos a los que accedo cuando cierro los ojos o releo mis líneas. Tan solo eso.

Por ello, me dije, la decisión era clara. No haría ninguna reflexión teórica sobre el tema. No me correspondía a mí. No era mi objetivo. No sabía lo suficiente.

Y,

sin embargo,

aquí estoy.

A veces parece que las reglas existen, en cierta medida, para ser rotas.

Aquí me hallo. Saltándome la única limitación que en algún momento me puse.

Prometo ser breve y que entenderán que no pueda evitarlo. Dejen que les dé algo de contexto. Hace dos años que dejé Italia y, en este tiempo, que ahora siento como una vida, me he acercado a la filosofía más de lo que en algún momento imaginé. Sin planearlo demasiado, y antes de abrazarme por entero a la investigación (o quizás, precisamente, como consecuencia de ello), me vine a Edimburgo a estudiar un máster en Filosofía de la Neurociencia. La decisión sorprendió a mis amigos y a mi familia tanto como a mí misma. No me arrepiento. Es, en realidad, una de las mejores que he tomado nunca. Aquel año me cambió la vida y me enseñó a pensar de una manera diferente, pero eso es, en realidad, otra historia y debe ser contada en otra ocasión. Lo importante ahora es que, durante aquel tiempo, cursé una asignatura que se centraba, única y exclusivamente, en el concepto de *LIBERTAD*, porque quería compartir más horas de clase con uno de mis compañeros y porque, en realidad, era un tema que me interesaba desde hacía años. Las clases merecieron la pena. Debatimos sobre todo lo debatible. Leímos los experimentos de Libet, los textos de Wegner, los artículos de Carruthers. Nos perdimos en cientos de discusiones sin fin que me hicieron adquirir un dolor de cabeza que todavía siento cuando me quedo en silencio. Creo que es el efecto secundario que tiene la filosofía: provocarte una jaqueca intelectual permanente irrevisable inmune a la influencia de las aspirinas.

Las conclusiones del curso fueron tajantes y yo, que veía putas en todas partes y me las encontraba en cada párrafo de las múltiples lecturas que nos hicieron hacer, extrapolé a mi pasado de manera inevitable. Sin extenderme más de lo necesario, y centrándonos en lo que aquí nos ocupa, me limitaré a rescatar solo dos.

En primer lugar, que la libertad y el sentimiento de libertad son dos cosas disociables. Que una cosa es tener libertad y otra es el sentimiento de serlo. Y que, aunque parezca contraintuitivo, ambas coexisten con determinada independencia la una de la otra, pues mientras la *libertad* viene y va según las circunstancias, el *sentimiento de libertad* tiende a la constancia.

En realidad, la idea es sencilla: nos gusta sentirnos libres, porque sentirnos presos nos mata. Nos gusta creernos piratas surcando océanos en busca de tesoros, entendernos como exploradores de islas desconocidas, sentir que nuestro destino depende de nuestra mano y que podemos cambiarlo de golpe con un leve movimiento de timón. Da igual dónde estemos. Da igual si nos encontramos en verdad cruzando el mar en un velero bergantín o si estamos simplemente dándonos una ducha en la bañera de nuestra casa. Tenderemos a visualizarnos en la proa de una goleta, cruzando el mar a toda vela, sintiendo el viento en nuestra cara, y la brisa marina, y el olor a agua salada.

La psicología está cargada de experimentos en los que los individuos *creen* haber tomado una decisión, cuando en realidad esta estaba fijada desde el inicio por el experimentador. Son casos artificiales, por supuesto, pero precisamente por eso dicen demasiado de la realidad. Porque el sentimiento que experimenta ese individuo es tan válido y real como el que se siente fuera del laboratorio. Personas que *sienten* haber escogido A sobre B. Personas que *se ven* responsables de que X haya sucedido. Personas que *se creen agentes* ante la tarea experimental, cuando en realidad fueron meros conejillos de indias. El sentimiento de la libertad permanece de manera independiente a la existencia o ausencia de la misma, de manera independiente a que conozcas cómo funciona este mecanismo. Opera de manera similar al espejismo del agua en la carretera: aun sabiendo que se trata de una mera ilusión óptica, la *vemos*. *Vemos* el agua. Porque así somos. Es como si el viaje fuera más llevadero si imaginas un oasis esperándote en el horizonte, aunque sepas que en realidad no es así. La ilusión del agua se convierte en el motor que, al comienzo del nuevo día, te anima a seguir dando un paso tras el otro. Un paso tras el otro.

Cabe, por ende, cuestionar la construcción de cualquier imperio que tome como base este sentimiento.

La segunda conclusión que extraje de aquellas clases fue también taladradoramente evidente: la libertad está contextualmente limitada o, lo que es lo mismo, no existe la libertad «en abstracto». Es algo en realidad sencillo de ver: la libertad está siempre condicionada por los factores contextuales en los que estamos sumergidos. No existe una libertad abstracta, no existe una libertad *absoluta*, sino un mayor o menor grado de la misma en función de las oportunidades que el contexto nos ofrece. Cuantas más oportunidades te brinde el contexto en el que te encuentras, mayor grado de libertad se puede decir que posees.

Hablar en ejemplos es más sencillo. Imaginemos una tarde típica de verano. Podría decirse que cuando escojo el chocolate como helado que comprarme en una tienda cualquiera, lo hago decidiendo *libremente*. Y podemos acordar que, en cierta medida, así ha sido, por supuesto, porque teniendo diferentes opciones de sabores, he escogido aquella que yo prefería.

La apreciación a observar aquí es que, precisamente, nuestra libertad está limitada a las opciones que el contexto nos proporciona. Aun siendo verdad que hemos decidido, en cierta medida, con *libertad*, es fácil coincidir en que la misma estaba limitada a las opciones de sabores que la carta tenía. No podríamos haber escogido un helado que la carta no ofreciera. Por eso es sencillo señalar que la libertad se ejerce en situaciones concretas y que la libertad está *limitada* a las posibilidades que ese contexto determinado te ofrece.

Teniendo eso claro, podríamos ir incluso un paso más allá. Vengan conmigo. No sean tímidos. Acompáñenme a dar el salto. Imaginemos que la tarde de verano es la misma, que las temperaturas siguen siendo elevadas y que yo sigo teniendo ganas de acallar el calor con helado. Supongamos que entro en la tienda, la campanilla de la puerta suena anunciando mi llegada, la dependienta se gira hacia mí saludándome con la mirada y preguntándome con un gesto qué deseo. Yo miro hacia el mostrador, intentando localizar los helados y compruebo, con pesar, que el único sabor disponible es el de vainilla. Supongamos que yo, en ejercicio de mi agencia, decido comprármelo. ¿Podría decirse que he escogido *libremente*?

Depende, claro. Es difícil hablar de libertad cuando no existen otras opciones posibles. Por ello, a mí, para juzgar el grado de la misma, me gusta imaginar realidades alternativas: ¿qué habría pasado si en la tienda hubiera quedado un sabor más además de la vainilla? La opción es doble. Si sigo decidiéndome por ella, podemos concluir que al menos cierto grado de libertad tenía. Si mi decisión cambia, y escojo el otro sabor, podríamos pensar que puede que la alternativa sencillamente me guste más. Ahora bien, si repitiéramos el experimento múltiples veces, cambiado el segundo sabor en cada ocasión, y nuestra decisión fuera, de manera recurrente, no escoger la vainilla, la explicación a dar sería distinta. Podríamos concluir que, a mí, la vainilla, no me gusta, y que si he decidido comprar un helado con su sabor es porque era la única opción que el contexto me ofrecía.

Por supuesto, en este caso ficticio, se puede, pese a todo, presuponer un grado mínimo de libertad. El individuo que compra el helado de vainilla, a pesar de odiar el sabor, podría, de quererlo, no comprar nada. Porque por mucho calor que haga, se puede sobrevivir a una tarde tórrida de verano sin el mismo. Pero sobrevivir a la vida sin dinero, pagar facturas sin trabajo, ir al supermercado sin tener monedas con las que pagar las alcachofas es, sencillamente, imposible. Así que, en ese caso, el grado de libertad es aún más reducido porque no comprar helado no existe siquiera como posibilidad.

Me van a permitir que deje la conclusión de estas líneas a medio escribir. Aun siendo defensora de las letras como soy, creo fervientemente que hay cosas que es mejor dejar no dichas, pues hay realidades que se expresan mejor en silencios. No pretendo ser moralizante. Reside en cada uno escoger el puerto al que llegar con este velero pues, en este libro en concreto, la conclusión debe extraerse individualmente. Con este capítulo he transgredido la única regla que me impuse al tomar conciencia del libro. Era necesario. El objetivo era claro. Sembrar la duda. Invitar a la reflexión. Iniciar un debate de ustedes con ustedes mismos. Dedicar unas líneas a cuestionar la validez de la estrategia que construye un imperio sobre un sentimiento tan resbaladizo como el de la libertad y que presupone la misma en un contexto que solo te ofrece sabor a vainilla.

EPÍLOGO

Han pasado dos años desde que dejé Italia.

La idea de este libro comenzó, en realidad, como una forma de terapia. De igual manera que los médicos son los peores pacientes, los psicólogos tenemos nuestras particulares formas de sobrellevar los momentos difíciles. Y, como habrán notado, mi estrategia son las letras. No es decisión, se lo aseguro, sino puro instinto de supervivencia. Las palabras me acompañan continuamente en el día a día: cuando hago la compra, cuando voy al trabajo, cuando salgo a la calle. Se desprenden de mi cuerpo a cada paso que doy y se quedan flotando, a mi lado, observándome durante unos segundos antes de volatizarse. Sus partículas, hechas de emoción y tinta, se disuelven en las de oxígeno, dejando solo el eco invisible de su rastro en el aire, dibujando la trayectoria de mis pasos en la calle para cualquiera que sea capaz de ver también las letras.

En las ocasiones de calma sencillamente flotan, pero, cuando la emoción me turba, se convierten en coleópteros que revolotean y rugen en mi entorno, llamando mi atención, exigiendo ser observadas. Si intento ignorarlas estallan, condensando una nube negra a mi alrededor que no desaparece ni aunque intente airearla con mis brazos. Cuanto más rápidos los muevo, más densas se vuelven. Cuando eso ocurre, es imposible ver nada. La realidad se distancia y difumina, perdiendo forma, color, nitidez. La vida deja de pasarme. El mundo se detiene al otro lado. Es una sensación extraña, se lo advierto, que solo deja una alternativa posible: hay que ponerse de puntillas para atraparlas al vuelo desde el abdomen, prestando mucha atención para no rasgar sus alas, y depositarlas con una mezcla precisa de determinación y cuidado sobre una página en blanco que llevo siempre conmigo, a modo de receta instantánea.

La estrategia es siempre la misma porque estar sobre el papel las relaja. Las hace acurrarse sobre sí mismas, arrugar sus patitas milimétricas, entrecerrar los párpados. Las relaja transformándolas en crisálidas, en un proceso que a mí me gusta entender como una auténtica metamorfosis silábica.

Díganme que lo entienden.

Que allí permanecen. Esperando. Pacientes. Sin prisa. La mariposa en la que renacen no es más que la que despierta su lectura, con suerte, en el estómago del que se entrega a ella.

El papel repleto de crisálidas

Que esperan la lectura para ser transformadas.

Ahí reside la belleza.

¿Lo ven?

Que el papel permanece.

Que la experiencia personal,

con ayuda de las letras,

se vuelve atemporal.

La gracia

Es

La inmunidad

De la terapia

Al paso del tiempo

Y la eternidad de las letras

Cuando rasgas el papel con ellas.

Es curioso. Aquello que comenzó como una forma de terapia terminó adquiriendo significado en sí mismo. Fue algo recogido por azar, de camino, sin detenerse a pensarlo, como el que se da cuenta a los cientos de kilómetros de recorrido que lleva un autoestopista sentado en el asiento de copiloto. Encontré un sentido sin buscarlo a las páginas que mi emoción iba llenando. Gracias a las letras podría evitar que mi experiencia muriera en mí. Podía hacer que aquello que yo vivía fuera también vivido por personas que, de hecho, no lo habían hecho. O quizás sí. ¿No? Que mi experiencia individual se transformara por las letras en recuerdo compartido.

Todo, por supuesto, a través de mis ojos. La realidad impregnada del iris verde desde el que me asomo siempre a la vida. Aquello bastaba, ¿entienden? Mi objetivo era, y sigue siendo a día de hoy, hacer sentir y pensar aquello que yo sentí y pensé en el momento. No pretendía ser objetiva. No quería establecer postulados universales. Me prometí que, al menos en estas páginas, dejaría que la subjetividad de lo que yo viví tomara la voz protagonista. Que no fuera un ensayo sobre qué o no hacer con la prostitución, sino que fuera una mera ventana a la que asomarse a la noche, cuando con suerte dormimos; que fuera un agujero por el que ver la calle cuando solo las luces de las farolas permanecen despiertas.

La belleza de las letras es, sin lugar a dudas, inmensa.

El secreto de las palabras es que consiguen que, en aquella furgoneta, no fuéramos solo cuatro. Los imagino observando la noche a través de mi pupila, como quien mira por el ojo de la mirilla para intentar entender qué está pasando al otro lado. Las palabras convertidas en un catalejo que permite acercarse a una realidad que, de normal, pilla demasiado lejos. Los imagino de puntillas, tratando de ver, apoyándose con delicadeza en la parte interna de mi retina, intentando no ensuciar nada porque se saben invitados en una cabeza que no es la suya. Los imagino escuchando de fondo la voz de mis pensamientos, integrando lo que oyen y lo que ven, dándole el matiz que mi subjetividad, inevitablemente, aporta.

Es extraño.

Me pienso en aquellas noches y, curiosamente, ya no me siento sola.

Si ustedes también, en alguna medida, se sienten parte de todo aquello, si ustedes también se imaginan atravesando la madrugada en aquella furgoneta naranja, si ustedes también escuchan ese *ciao buonasera* con el que dábamos inicio a cada parada, si ustedes también han sentido el frío del invierno clavado en la cara y se marearon también por la conducción italiana, si ustedes también sintieron frustración, pena, dolor e impotencia, entonces, habremos tenido éxito.

Gracias por haberse atrevido a acercarse a una realidad que quema.

Hagan con esta información lo que crean.

PARA SABER MÁS

- *Neoliberalismo sexual.* Ana de Miguel. 2015.
- *La prostitución en el corazón del capitalismo.* Rosa Cobos. 2017.
- *El putero español: quiénes son y qué buscan los clientes de prostitución.* De Rosa María Verdugo Matés, Silvia Pérez Freire y Águeda Gómez Suárez. 2015.
- *El ser y la mercancía. Prostitución, vientres de alquiler y disociación.* Kajsa Ekis Ekman. 2017.
- *The Pimping of Prostitution: Abolishing the Sex Work Myth.* Julie Bindel. 2019.
- *Not a Choice, not a Job: Exposing the Myths About Prostitution and the Global Sex Trade.* Janice Raymond. 2013.
- I Jornadas Abolicionistas Virtuales. Towanda Rebels. https://www.youtube.com/watch?v=6cD7g99F03A&list=PLKE_bz9PCmuxzel4zHHuKf3mA5zfiLJm6

AGRADECIMIENTOS

En primer lugar, me gustaría agradecer a la asociación Mimosa la increíble labor que desarrolla, por tratar a las mujeres prostituidas como personas y por dedicar sus esfuerzos a que escapen de la calle. Gracias por ofrecerme una ventana a la que asomarme y permitirme ver una realidad incompatible con la igualdad entre mujeres y hombres. Ojalá llegue el día en el que asociaciones como la vuestra no sean necesarias por ser el patriarcado y su prostitución parte de la historia. Seguiremos trabajando para crear conciencia.

Me gustaría también agradecer a mis tres *hermanas*, Zuzanna, Valentine y Julia por acompañarme en esta aventura en diferentes momentos temporales. A Zuzanna, por escribir conmigo cuando ambas vivíamos en Italia (*in bocca al lupo, bella)*. A Valentine, por su humor, su inesperada llegada y por creer tanto en mí desde el principio. Y a Julia, por trabajar a mi lado en cafés escoceses, por escuchar los avances de mi libro a medida que se iban produciendo, por ese maravilloso dibujo a lápiz y por luchar valiente a mi lado. Os debo mucho. Gracias.

Gracias infinitas también a Víctor, mi eterna constante. Por tu presencia dentro y fuera de estas líneas, por tu cálida cercanía en estos casi diez años (¡diez años!) y por contribuir con tu apoyo, creatividad y talento a este proyecto de tantas formas diversas, incluyendo la de diseño de portada. Menuda obra de arte has hecho. Infinitas gracias.

Gracias a todas las personas que sois fuente continua de apoyo: Gloria, por ser mi Persona; David por ser sol, isla y refugio; Silvia, por ser compañera y contar, siempre; Marta, por condensar la sororidad en su persona. A mis dos Fernandos, a Javi, a Jorge. A Majka, a Isa, a Carol, a Nat, a Lidia. A Miguel, por haber sido el primero en leer estas líneas.

Gracias a todas las mujeres que se atreven a alzar la voz y dar la cara por el Feminismo. A todas las que invertís tiempo y energía en hacer activismo y pedagogía, en educarnos y enseñarnos al resto. Gracias por ser faro y apoyo, pese a no conocernos. Gracias Irene, Paula, Laura, Teresa, Zúa, Lola, Bea, Ana, Rosa, Amelia, Celia y un largo, largo etcétera. Gracias por resistir y prevalecer pese a tanta misoginia. Y gracias también a mi compañera, *bonoba* y amiga, Marina.

Gracias a mi más reciente incorporación, mi querido Adolfo. Gracias, amigo, por devolver la fe a un corazón de tendencias ateas y por la continua ilusión y apoyo que has mostrado con mi libro. Imposible no contagiarse de ti ni querer no crecer a tu lado. Nos queda mucho, mucho camino.

Y gracias por último a mi familia, por su continuo, constante e inagotable apoyo. A mis tías Mamen, mi tía Piqui, mi tío Manuel, mis primas. A Javi, a Lucas, a Nico. A mi abuela Pepita, por su bondad desmedida. A mi abuela Mercedes, por su espíritu lector: un trozo de tu casa vivirá para siempre en estas páginas. Y a mi madre, mi padre y mi hermano. Por confiar en mí cada vez que yo no lo hago, por convencerme de sacar este proyecto adelante, y por enseñarme a ser valiente, mujer y feminista. Mi eterna y sincera gratitud hacia vosotros.